Narrazioni

Maricla Boggio

Storie, Favole
e Cantate

BeaT
enricobernard entertainmentart

STORIE

STORIA DI CHICCO
un cane

Sbalzò fuori dal camioncino e rotolò a terra.
Era un cucciolo nero con le zampe marroni e il muso affilato.
Gli altri cani nel camioncino abbaiarono frenetici per fermarlo, ma quello continuò la sua corsa.
Il cucciolo si tirò su un po' malconcio, poi con uno scossone si liberò dalla polvere della strada.
Si guardò intorno. Salendo una stradina vide un casale diroccato; davanti razzolavano alcune galline: spaventate alla vista del cane si allontanarono chiocciando; siccome poi lui non gli badava, si misero tranquille e continuarono a beccare i loro semi.
Il cane non era abituato a stare da solo; aveva fame e non sapeva come cercarsi il cibo. Rimase fermo, incerto se andare alla ricerca di qualcosa da mangiare o aspettare che arrivasse qualcuno.
La mattinata era al termine. Il contadino arrivò con i suoi attrezzi per riporli dopo il lavoro e andare a casa. Trovò il cane: lo guardava incerto se scappare o abbaiare o rimanere in attesa che l'altro prendesse una decisione. Avanzò cauto e andò a riporre gli attrezzi dentro il casale. Il cane non si mosse. L'uomo gli si avvicinò e tentò una carezza. "Sei piccolo – borbottò -, come mai stai qui? Da dove vieni? Ti ha lasciato qualcuno...". Il cane emise un brontolio di avvertimento, come aveva imparato dai cani grandi, quando temono un pericolo. "Buono... - fece il contadino ritirando la mano. - Hai fame, ecco perché bron-

toli. Ho qui qualcosa per te". Tirò fuori da una sacca un pacchetto di carta dentro cui spuntò un pezzo di pane con del salame. Era la colazione che aveva risparmiato in attesa del pranzo. "Sarai contento – pensò il contadino sporgendo il cibo al cane -, ti dovrai abituare a quello che viene. Sei di razza, ti avranno allevato a cibo raffinato". Il cane andava fiutando la cosa lanciata dal contadino. Aveva un odore aspro che non conosceva, ma sapeva di buono, lo buttò giù a morsi e non se ne pentì sentendo il sapore del salame. L'uomo era stato a guardarlo, valutandolo. Non ne conosceva la razza, ma capiva che non era un bastardino dalla forma slanciata del piccolo corpo, dallo sguardo intelligente e dallo scatto delle zampette ad allontanarsi da lui. Poi con mossa svelta, dall'abitudine ad afferrare in un attimo gli animali, lo prese per il collo e lo scaraventò nel balconcino che sporgeva dal casale, chiuso da un'inferriata. Il cane era stato colto di sorpresa. Prese ad abbaiare protestando, le zampette abbarbicate alla ringhiera nel tentativo di uscirne. "Quel cane poteva essere buono come guardiano – meditò il contadino che si era visto portar via le galline dalle volpi -; deve crescere un po', gli porterò gli avanzi da casa". Poi se ne andò, incurante della piccola vittima che continuava ad abbaiare.

II. Arrivarono con strepito sulla salita sterrata, la vecchia auto poco elastica alle pietre sporgenti dal terreno erboso. Di colpo si fermarono al cancello quasi investendolo, ma i freni erano ancora validi e si bloccarono. Piero saltò giù con un balzo, fra le mani la chiave del lucchetto che chiudeva il cancello. Maria si sedette alla guida dell'auto, entrò filata superando il parco fin davanti alla casa, poi stridendo i freni si fermò precisa e uscì ridendo. Quell'ampio casale ben tenuto era di un amico che si trovava in missione all'estero, lo aveva dato a loro perché sarebbe rimasto fuori per parecchi mesi. "Che bellezza starsene un po' in campagna!", sospirava Maria sempre chiusa all'università, e anche Piero, occupato a scrivere i suoi articoli, aveva accettato con piacere la proposta dell'amico. Portarono fuori delle sedie e ci si buttarono sfiniti. L'aria era tutta un'altra cosa da Roma, inebriava l'odore di pino e di mentuccia. Rimasero così fino a quando non si fece rosso il sole al tramonto restando luminoso l'orizzonte nonostante l'ora tarda.

III. Erano passate parecchie settimane da quando il cane era arrivato.
Veniva solo il contadino a portargli da mangiare; lo liberava dalla prigionia della ringhiera e subito il cane correva libero in mezzo ai campi. A un richiamo del contadino tornava da lui per poi andare docilmente a quella che era la sua cuccia, da cui aveva scoperto si potesse evadere. Era diventato più robusto, pur conservando la bellezza del corpo slanciato; e gli occhi gli si erano fatti arditi mentre il muso aprendosi mostrava la lingua fra i denti acuti.
Piero e Maria erano tornati dopo settimane che il cane stava già nella sua cuccia. Lo avevano notato

mentre percorrevano la strada sterrata: era davanti a loro, incerto se aspettarli o correre avanti, al casale dove di sicuro sarebbero passati. Decise di aspettarli, mettendosi al centro della strada. Un intuito misterioso gli suggeriva di incontrarli. La macchina arrivò veloce, Piero pensò che il cane si sarebbe scostato; invece rimase fermo fino a quando stava per essere travolto, e una brusca frenata lo salvò. Maria scese dall'auto: il cane stava benissimo e la osservava incerto. Scese anche Piero, voleva rendersi conto di che razza di cane fosse quell'animaletto che aveva rischiato la vita. Non c'erano motivi al suo gesto; forse la conoscenza di qualcuno o di qualche cosa – la macchina – lo induceva ad avvicinare quei due. Maria lo andava esaminando. Gli ricordava una razza diversa dai cani di solito in giro per la campagna. "È nero! – constatò Maria – Nero col pelo corto! ". Azzardò una carezza, ma quello si ritrasse svelto e rimase appena più in là con la lingua fuori dal muso aguzzo.

"Nero! – mormorò Maria – Nero come un chicco di caffè – Chicco! Sì, sei proprio un Chicco! Chicco! Tu sei Chicco! Hai capito?". Risalirono in macchina e quello si appoggiò dritto al finestrino. "Vieni qui! – gli intimò Maria. Non aveva paura di quell'esserino scuro. Se lo mise in grembo e chiuse la portiera. Piero partì a razzo.

"Non ti morderà mica? – guardò Maria con apprensione – Che cosa vuoi farne? Non vorrai portarlo a casa?". "No. Ci giochiamo un po' – replicò lei. Conosceva l'insofferenza di Piero agli animali. Non ne avevano mai avuti in casa -. E poi, sarà pure di qualcuno". Piero si fermò davanti al cancello, scese per andare ad aprire. Il cane balzò giù seguito da Maria. Piero riprese la guida, entrò nel giardino. "Chicco vieni! – Maria invitò il cane a seguirla. Ma quello rimase inchiodato al terreno. "Chicco, che fai? - Maria gli fece una carezza, ma il cane non si mosse. "Chicco! – azzardò Piero superando i suoi pregiudizi – Chicco vieni! "Non è abituato a farsi chiamare Chicco, ecco perché non viene. Meglio così". Andò a chiudere il cancello. Il cane guardò lui e Maria facendo una sorta di lamento, poi si diresse spedito al casale dov'era la sua cuccia, in fondo alla stradina.

Non osava entrare nel giardino. Il limite per lui era il cancello. Lo invitavano a entrare, niente, non osava. Mentre fuori era contento di avvicinarli, e saltava anche in macchina. Era come se il mondo di fuori fosse suo, e quello che stava al di là del cancello gli fosse proibito. Quando arrivavano da qualche spesa e stavano percorrendo la lunga strada che portava al casale, lui li avvistava e si lanciava a una corsa fra i campi, percorrendo una linea che arrivava a dove loro stavano passando: con una precisione da ingegnere calcolava la distanza e piombava sulla macchina quasi facendosi male. Era una sorta di ansia a farlo arrivare a quel punto da lontano. Veniva allora preso da Maria e depositato in macchina, dove non smetteva di sbuffare e fare quello che si potrebbe definire "fare le feste". Ma arrivati al cancello, saltava giù dalla macchina e si fermava fuori.

Gli tolse quella fobia l'intervento di Piero: depositata la macchina in giardino, tornò fuori e sollevò Chicco fra le braccia; la circostanza era talmente eccezionale per Piero contrario ai complimenti, che Chicco ne rimase stupito e si lasciò depositare a terra al di qua del cancello. Da quel giorno non fece più storie e anzi si divertiva a stare in macchina dentro il giardino, finché Piero non la posteggiava in una zona d'ombra.

IV. Nei giorni seguenti Piero e Maria rimasero a Roma per i loro impegni. Partendo non videro Chicco, ma incontrarono il contadino che già avevano conosciuto. Gli chiesero del cane, se era suo. Da giorni – disse il contadino – non lo aveva più visto. Pensava che lo avessero tenuto loro. Di solito – aggiunse ridendo – anche se andava in giro era puntuale ad aspettarlo per mangiare. Voleva farne un cane da guardia, ma aveva capito che non era adatto a quel genere di impegno. E così, lo teneva perché gli era simpatico.

Tornando da Roma pensarono al cane, ma questa volta sulla strada non c'era. Guardarono di qua e di là, niente. Arrivati al casolare, si fermarono di colpo. Chicco era sull'aia in uno stato pietoso, la pelle strappata in più punti, la schiena sanguinante e un orecchio mezzo staccato. Sembrò riconoscerli perché al loro apparire emise un gemito. Si vedeva che soffriva. "Bisogna portarlo subito dal veterinario! - decise Maria – Prendimi un cestino, una borsa, quello che trovi nel portabagagli!". Piero si andava affannando a cercare qualcosa per metterci il cane, trovò un paniere e con delicatezza, aiutato da Maria, ci depose l'animale.

"Ma dov'è il veterinario? - saltò su Piero – lo sai tu dove sta?"

"Come faccio a saperlo? – ribatté Maria – Conosco questo paese quanto te. Dovremmo chiederlo a qualcuno". "Qualcuno chi? – replicò Piero – Non conosciamo nessuno!"

Dal fondo della stradina camminava verso di loro il contadino.

"Conosciamo lui! – esclamò Maria – Sarà andato qualche volta dal veterinario per i suoi animali... - E gli andò incontro indicando Chicco – Sapete se c'è un veterinario in paese?". "Ce n'è uno dove vado per le vacche – rispose subito l'uomo, e intanto si era avvicinato a Chicco – Ma guarda un po' come si è conciato! - esclamò dopo averlo esaminato – La solita storia con i cani – aggiunse – Di notte qui intorno si riuniscono quelli delle cascine e fanno la lotta! Si buttano uno contro l'altro fino ad ammazzarsi. Anche quelli piccoli, come questo qui - e indicava Chicco che tremava malconcio e sembrava capire le parole contadino -. C'è un cane grosso, da anni è a capo della banda. Comanda tutti, guai se non gli sei simpatico, e lui – indicò Chicco – gli è capitato sotto...". "Si salverà?" Maria si rivolse al contadino con aria supplichevole . Il contadino rise. "Voi non avete idea di quanto resistono alle ferite, sembrano morti e poi si riprendono come niente". Maria tirò un respiro di sollievo.

"Allora ci indicate il veterinario?". "Vi ci porto io, così ve lo presento". Salirono tutti sulla macchina che guidava Piero, Chicco nel suo cestino con l'aria di un eroe, affidato al contadino sul sedile posteriore. Lo studio del veterinario era appena all'inizio del paese.

Per fortuna non c'era nessuno. Il veterinario, un omone che il camice bianco rendeva ancora più enorme, di nome Gianquinto, stava sull'uscio godendosi l'aria fresca. "Oh Francesco – apostrofò il contadino – non è per le vacche questa volta... – e si sporse a guardare che cosa c'era dentro il cestino. "È per questo disgraziato qui – indicò il cane, che aveva fatto il tentativo di rizzarsi -. La solita lotta fra i cani delle cascine!". "Mettetelo qui – Gianquinto indicò il tavolo di marmo – guardiamolo per bene! È della signora? si rivolse a Maria. "No, vorremmo salvarlo – rispose lei –". Se ne sono visti di peggio – rise l'Omone – vedremo di guarirlo". "Gli faccio un po' di anestesia – aggiunse mentre andava a prendere una fialetta con la siringa -. Non si usa per i cani, ma lui è ancora così piccolo, e ha perso molto sangue". Alla puntura Chicco sobbalzò, ma subito ricadde mansueto.

L'Omone si diede a medicare le ferite, poi cominciò a cucirle con mano leggera. Arrivato all'orecchio, rimase perplesso. "Meno male che non senti – mormorò – perché qui bisogna proprio lavorarci". E con lunghe infilate andava riattaccando al muso l'ampio orecchio penzolante. Mentre Maria aveva seguito tutta l'operazione, Piero era rimasto con il contadino a

chiacchierare. Parlarono di Chicco, che cosa farne una volta guarito. Così ricucito e incerottato sembrava un bambino. Andava risvegliandosi e si guardava attorno, stupito di quell'ambiente insolito. Maria si era avvicinata ai due. "Potremmo tenerlo noi – per un po' – aggiunse all'occhiataccia di Piero – "Finché sta un po' meglio. Che cosa gli dobbiamo fare?".
Gianquinto riesaminò il cane. Lo indicò agli altri con fierezza. "Bel lavoro, eh? Che fargli, adesso? Niente. Chiuderlo in modo che non esca a lottare con i cani. Conciato com'è, sarebbe capace di buttarsi nella mischia". "Ho un'idea – aggiunse poi seguendo un pensiero.
Mi avete trovato per caso, di solito sono in giro nelle cascine fino alla sera, è un periodo in cui le vacche partoriscono... Fra qualche giorno potrei venire io da voi a vedere come sta, se non disturbo naturalmente". A Piero era balenata la possibilità di trarre un articolo dal lavoro dei veterinari in campagna. Senza consultare Maria che senz'altro era d'accordo, rispose subito "Benissimo, vi aspettiamo, diteci voi quando pensate di venire". Maria superò il compagno: "Venite a cena, sarete stanco della giornata". In un crescendo di cordialità fu la volta di Gianquinto. "Allora verrei con mia figlia, vi divertirete, è una grande danzatrice". " Una figlia che balla! Non ha certo seguito il suo mestiere". "Bisogna amare le bestie – sentenziò l'Omone - , mia figlia è un'artista, vede gli animali soltanto come ornamento, e io la lascio fare i suoi corsi. Vi stupirete quando verremo da voi". "Eh, che

cosa gli diamo da mangiare? "chiese Maria preoccupata per il cane. "Comprate dei croccantini, ve ne do un po' io, li troverete al negozio in paese, Francesco lo conosce".
Si congedarono riponendo Chicco nella sua cestina, addormentato.

V. Al primo piano della casa, accanto alla camera da letto, c'era una stanza utilizzata per lo studio. Un po' isolata, accanto alla porta di entrata, era sistemata una poltrona con dei cuscini. Decisero, di comune accordo, che era il posto ideale per Chicco. Come se qualcuno glielo avesse insegnato, si faceva intendere che doveva uscire. Incurante del suo aspetto pieno di cerotti, si nascondeva poi nel giardino, quel tanto che bastava per tornare zoppicante a casa: lo riprendeva in braccio Maria, come aveva fatto per farlo scendere, ed era lui a saltare sulla poltrona con aria adorante. Era incredibile come si fosse affezionato subito: fra Piero e Maria aveva scelto lei come sua padrona, ne seguiva i gesti con il muso spalancato, la lingua pronta a leccare; di Piero seguiva gli ordini, l'ora dei croccantini, qualche giochino ad afferrarne il braccio alzato. Di giorno in giorno migliorava, si intravedevano le ferite suturarsi mentre si faceva più ardito. Di notte i cani delle cascine intorno ululavano dandosi appuntamento e poi attaccavano la solita lotta in cui c'era chi aveva la peggio. Chicco ringhiava appena ma non lasciava la poltrona, poi si riaddormentava incurante di quegli avversari lontani. Certe volte Maria si alzava dal letto e passava accanto alla poltrona di Chicco senza far rumore; ma lui avvertiva la sua presenza e batteva la coda ritmicamente sul bordo della cuccia per richiamarne l'attenzione. "Chicco!.." sussurava piano Maria per non svegliare Piero, e il cane affrettava il ritmo della coda, poi si zittiva quieto, sapendo di essere stato sentito.

Per confermare l'invito Piero era passato dal veterinario e si era accordato per la sera seguente. L'omone era soddisfatto delle notizie sul cane. "Come sta Chicco?" anche lui l'aveva chiamato così, una cosa naturale come chiamarsi Gianquinto: il nome gli dava la distinzione di persona. Aveva capito che Chicco era lui, e appena sentiva pronunciare quel nome scattava, l'orecchio teso a capire dove fosse chi lo chiamava.

Arrivarono gli ospiti. L'omone aveva smesso il camice e indossava una palandrana ricamata in oro di stile egizio; al collo aveva un medaglione e pareva un ricco signore orientale. Lo accompagnava una ragazza sui vent'anni con un abito lungo di seta verde cangiante e dei braccialetti ai polsi che tintinnavano ad ogni passo. "Mia figlia Indira – Gianquinto presentò la ragazza – noi siamo molto amici degli egiziani, ce ne sono qui vicino che hanno un casale molto ben strutturato, spesso andiamo a trovarli, e ci fanno dei regali sapendo soprattutto del gusto di Indira. – Stasera vedrete come sa ballare " aggiunse sornione, senza spiegare come avrebbe ballato la figlia dal momento che era da sola. A meno che anche lui... No, Piero e Maria si rifiutarono all'idea e rimandarono la curiosità al dopo cena.

Mangiarono di gusto apprezzando i piatti preparati da Maria con gli ingredienti della campagna, pollo della cascina e verdure dell'orto, a cui si aggiunse un dolce al forno fatto da Piero che riservava a sé quel genere di preparazione. Zoppicando con energia nello scendere la scala, Chicco stava raggiungendoli. Si fermò accanto al tavolo e li guardò fermo, come se avesse un diritto da rivendicare. "E a me niente? – disse Gianquinto come se fosse stato il cane a parlare – Vedo che sta bene, mi ha anticipato. Ma adesso bisogna dargli un premio, una volta tanto si può fare. Si voltò ai padroni di casa strizzando l'occhio : "Non ci sarebbe un ossetto di pollo... un pezzettino di ciccia rimasto nel piatto?". Mentre parlava, andava cercando quanto aveva detto; trovò un pezzetto di pollo e lo pose in alto nella mano. Chicco capì al volo e fece un piccolo salto afferrando l'offerta dell'omone; poi con grazia addentò il boccone e si dispose seduto ad aspettare che gli arrivasse qualcos'altro.

"Eh no! Adesso non prendiamo l'abitudine! – esclamò ridendo l'omone – Ti devono bastare i croccantini!" Si vedeva che era abituato a trattare con gli animali, e con Chicco aveva un tono quasi umano, lo sentiva di casa.

"Ma soltanto ancora un pezzetto – supplicò Maria guardando Piero.

Anche lui era d'accordo: la vista di Chicco risanato che con grazia chiedeva una golosità quasi lo commuoveva, era un cambiamento che rendeva felice Maria. E questa volta fu lei a voler fare l'intransigente. "L'ultimo però – la voce gli si era fatta affettuosa – l'ultimo e poi a nanna!". Chicco afferrò dalla mano di Piero l'offerta e con garbo ma voracemente la divorò. Di nuovo si pose seduto in posizione di attesa. "Adesso basta! – esclamò Gianquinto - Stai buono, che noi abbiamo da fare!" e diede uno sguardo imperativo alla figlia. Indira si irrigidì sulla sedia, come se fosse stata colta da ipnosi. Chiuse gli occhi e cominciò con piccoli tremolii a muoversi restando seduta. Poco per volta sussultando in quei movimenti andava alzandosi e guadagnando il centro della scena. Era ormai padrona del suo corpo e cominciò a muoverlo ondeggiando con un ampio giro delle anche. Quasi impercettibile le usciva sempre più intensa una cantilena che gradualmente si accompagnava al movimento del busto, giù fino alle gambe che sembravano tutt'uno col ventre in un movimento sussultorio. Gli occhi di Indira erano socchiusi, come dormenti, le pupille dilatate a fissare un punto lontano. Il movimento si era fatto più ondulatorio, le forme del corpo si agitavano all'unisono accompagnate dalla cantilena che a volte si spezzava in singhiozzi, a volte si allungava in un sibilo fino a sparire. Si mosse a cerchio per la stanza proseguendo nei suoi sussulti. Chicco seguiva muovendo la testa a ritmo per tutto lo spazio, incantato. Gli altri erano tesi a non perdere di vista la ragazza che pareva lontana in un suo mondo. Infine, quando stava accanto alla sedia, diede un profondo sospiro e ci si lasciò cadere pesantemente, restando immobile. Piero si sentì in dovere di applaudire seguito subito da

Maria; Gianquinto si unì ai due con lenti applausi accompagnati da "Brava! Brava!" a cui si aggiunsero anche gli altri.

Chicco si sentì di dover anticipare e prese ad abbaiare all'indirizzo di Indira. "Ma guarda! Non ha mai abbaiato! – si stupì Piero – A modo suo ha preso parte alla danza di Indira! Complimenti!" e si rivolse alla ragazza che stava tornando al suo aspetto normale. "L'abbiamo imparata quando siamo andati in Egitto – disse con modestia associandosi alla danza - ; lei vorrebbe fare qualche spettacolo, ma non c'è nessuna possibilità qui in paese, e io sono legato al mio mestiere." "È veramente brava – si accalorò Maria – Vediamo se ci viene in mente qualche idea per Roma". "Ci farebbe molto piacere – intervenne Indira – Tanto ci vedremo per Chicco, non ci perdiamo di vista". "L'importante è che non ci vediamo perché Chicco ne ha combinato una delle sue – sentenziò l'omone che era tornato alle sue prerogative di veterinario - . E adesso voglio esaminarlo per bene".

Lo prese con una mano e se lo mise nel braccio piegato, il cane scompariva in quell'ansa morbida. "Dov'è la cuccia? – chiese mentre Maria lo precedeva – Vediamo la casa di Chicco". Maria si fermò alla poltrona, ne sporgevano sciarpe di lana sopra i cuscini, Chicco ci saltò dentro tralasciando il braccio di Gianquinto. "Questi cerotti vanno tolti – disse l'omone – non servono più". Ne tolse uno con uno scatto veloce, e Chicco diede un sobbalzo. "Vedete come sotto è cresciuta la pelle, E anche il pelo, è ancora corto,

ma crescerà e non si vedrà più niente della ferita".
Indicò con orgoglio l'orecchio cucito. "Non si
vede più che era staccato! Questa è stata
l'operazione più difficile!" Stava palpeggiandolo,
via via riassumendo la situazione sottovoce. "Qui
è ancora da guarire... qui bisogna lasciare i cerotti...".
"Bene! – si rivolse a Piero e Maria – Non toccate
niente, cadrà tutto da sé. Ciò che importa è che
una volta guarito non torni a lottare con i cani".
"È tardi – alzò la voce per farsi sentire da Indira
che era rimasta sotto – Domani devo far partorire
una cavalla".

VI. Era una notte di luna piena. I cani in
lontananza abbaiavano intrecciandosi in suoni
svariati. L'ululato più scuro si decifrava come il
cane grosso e malvagio che dava la caccia a tutti;
uggiolii acuti provenivano dai cuccioli, ma
disposti alla battaglia a prezzo di uscirne san-
guinanti; i cani non avevano cognizione delle loro
forze, si lanciavano senza pensare a quali fossero
le loro possibilità, e qualcuno in quelle battaglie
ne era morto. Allora si ritiravano tutti, in silenzio,
abbandonando il campo. E per quella sera, la lotta
cessava.
La luna piena accresceva nei cani l'istinto di
abbaiare dandosi battaglia. Qualche volta i contadini venivano a vedere che cosa succedeva, li
preoccupava che le volpi andassero a rubare le
galline, tanto era il chiasso che facevano im-
paurite dai cani. Si poteva camminare sui prati,
tutto pareva d'argento. Nessuno dormiva. E non

dormiva neanche Chicco, ormai risanato, ma guardingo a farsi coinvolgere in qualche battaglia. Ne aveva una gran voglia, ma il ricordo delle ferite e soprattutto la decisione di Piero e di Maria che il cancello rimanesse chiuso in modo che non potesse uscire lo rassegnavano a rinunciare a uno scontro con i cani che si erano riuniti in qualche cortile di cascina.

Chicco taceva, umiliato di non partecipare alla lotta, ben attento però a non disobbedire, perché si ricordava ancora delle ferite: dove erano state ricucite era ricresciuto il pelo, e quasi ne erano scomparse le tracce. Maria stava passeggiando in giardino quando Chicco con uno scatto da animale selvatico era corso sul prato abbaiando. "Che succede? - stava dicendo Piero, intento a scrivere un suo articolo – Sono venuti i cani?" e stava scendendo a precipizio le scale. "Il cancello è chiuso – lo rassicurò Maria – Non so che gli è preso" e andava raggiungendo il cane che continuava ad abbaiare sul prato.

Nell'erba tagliata di fresco Maria intravide una sorta di palla che rotolava allontanandosi da Chicco. "Ma che cos'è? – chiese Piero. Una palla? Chi può averla lasciata.. Saranno venuti i figli dei contadini mentre falciavano il fieno, forse hanno lasciato una palla, giocavano... è rimasta nell'erba...". Maria era più vicina a Chicco; si rese conto che non si trattava di una palla. Era un animaletto vivo e terrorizzato nel tentativo di difendersi dal cane che con il naso lo faceva rotolare. "Ora ho capito di che razza è – gridò Piero trionfante – Lui è stato creato nel periodo della prima guerra mondiale. La sua specialità è la caccia ai porcospini e a tutti tipi di animali selvatici." ."Chicco smettila! - si inserì Maria – lascia stare il porcospino". Il tono era deciso, Chicco si fermò, indeciso. "Chicco lascialo stare! " riprese a dire Maria. Ma ci volle l'autorità di Piero a farlo desistere. Chicco abbandonò la preda, e l'altro liberandosi dal fieno corse diritto fino a un folto cespuglio dove senz'altro c'era il suo nido. Il sacrificio richiedeva un compenso. Chicco lo pretendeva.

Si aggirò intorno a Piero che gli aveva dato l'ordine di abbandonare il porcospino, era lui a dovergli qualcosa. Maria era corsa in casa e aveva preso degli avanzi di arrosto. Li diede a Piero, e Chicco vi si buttò dimentico del porcospino. La luna continuava a splendere rotonda e i cani non avevano smesso di abbaiare. Ma Chicco intento al suo spuntino, non gli badava.

VII . Quando andavano a Roma, Chicco si appoggiava al contadino.

Francesco aveva una provvista di croccantini, ma c'era sempre qualche avanzo di pollame per soddisfare i suoi gusti, e quando i padroni erano fuori correva tutto il giorno rischiando qualche attacco di cani, ma era anche uno sfogo alla sua libertà. Puntuale per ricevere il cibo, stranamente non si fece vedere per parecchi giorni, tanto che Francesco pensò che gli fosse capitato qualcosa. Per fortuna Chicco ricomparve come se fosse passato solo un giorno e il contadino respirò di sollievo, sapeva quanto ci tenevano i padroni a quel cane un po' bizzarro. Ricomparve, ma in compagnia di una cagnetta. Era di un color madreperla, minuta e ben fatta, un musetto dagli occhi tondi, semiaperto a leccare Chicco che le si strofinava addosso con delicatezza. Rimasero quel tanto che serviva per divorare i croccantini, lui permise a lei di affondare il muso nella ciotola, ma la cagnetta era abituata a cibi più costosi e li sfiorò appena perché era stato lui ad offrire. Sembravano davvero delle persone – pensò il contadino prevedendo una continuazione di quell'incontro –, oggi arrivano i padroni, speriamo che Chicco non sparisca". Ma il cane era già andato via, svoltando con la cagnetta in una strada ombrosa. Poco più avanti c'era la casa dell'architetto. Di sicuro la bestiola abitava lì. La casa era sempre chiusa; nella cascina di lato vivevano i custodi, dei contadini che tenevano il giardino e l'orto, e certamente si prendevano cura della cagnetta. Questa avanzò abbaiando seguita da Chicco un po' intimidito; arrivò alla donna che stava lavorando nell'orto e le salì sul grembiule continuando ad abbaiare, andando da Chicco e poi tornando alla donna, per dare un segnale positivo nei confronti del compagno: a differenza del solito il cane se ne stava zitto e fermo, lasciando che fosse lei a introdurlo come un essere amico. La contadina andò alla cascina: aveva in mano una scatoletta; la aprì e ne riversò il contenuto nella scodella accanto alla cagnetta: questa ne prese con delicatezza un po' del contenuto; poi invitò Chicco ad assaggiare. Questi ne provò il sapore: lo trovò gradevole ma strano, non adatto come cibo, una ghiottoneria dopo essersi nutrito dei croccantini. Sfregò il muso sulla morbida pelliccia chiara della cagnetta, come per una carezza e mugolò con la voglia di andarsene. Lei lo sfiorò appena, fecero dietro front e uscirono sullo stradone senza fermarsi. "Eh allora? – fece la contadina dopo averli guardati allontanarsi – Abbiamo un fidanzato? Se stai fuori il padrone mi sgrida. Ma come si fa, a trattenerti?", e riprese a lavorare nell'orto.

Al ritorno da Roma Piero e Maria non videro Chicco correre verso la macchina, come quando la vedeva avvicinarsi. "Chissà dov'è – aveva brontolato Piero, che ormai si era abituato alle feste del cane – Siamo stati fuori pochi giorni e ci ha dimenticati". "Speriamo che non gli sia successo niente – replicò Maria – Ricordati quando l'abbiamo portato dal veterinario!". "Non credo – meditò Piero -, gli è servita di lezione, adesso sta attento". Intanto erano giunti alla stradina e la stavano salendo. Sul fondo c'era il giardino, e davanti al cancello, seduti placidamente, Chicco con la sua compagna. All'avvicinarsi della macchina si alzarono improvvisando una danza di festeggiamenti; Chicco si buttò abbaiando al finestrino e finì nel grembo di Maria; la cagnetta uggiolava da sotto, non osando di più. "Ecco un nuovo modo di festeggiare – disse Piero dopo aver aperto il cancello – entrate, fatemi passare con la macchina". Si scansarono precedendo la sua entrata; Maria esaminò la cagnetta. "Carina – la valutò – Mi sa che lui è innamorato". Chicco aveva un atteggiamento affettuoso, ma neutro. "Speriamo che non comincino con le solite storie – concluse – altrimenti non staremo più tranquilli". "È ancora piccolo – commentò Piero – e lei è una cucciola". "Quale cucciola – ribattè Maria – è piccola di razza, non so di che razza sia, ma è così da adulta. Non cresce più". Andò a prendere i croccantini e ne diede un po' per uno. Chicco ci si precipitò vorace – non aveva mangiato da qualche giorno; lei fiutò quel cibo sconosciuto dal curioso aspetto di palline, lo assaggiò e lo trovò gradevole. "Gli piace – osservò Maria, è segno che ci è abituata, - non sapeva che la cagnetta voleva fare bella figura con Chicco e lei mangiava le scatolette -; se viene a stare qui, daremo da mangiare anche a lei".

D'improvviso si udì una voce roboante che usciva da un camioncino appena arrivato davanti al cancello. "Ah! ma allora ci siete!". Era la voce di Gianquinto il veterinario: l'omone uscì dal camioncino in giacca impermeabile e stivaloni di gomma. "Ero andato a pescare approfittando di una visita a una cavalla qui vicino – esclamò -. Sono passato più volte da queste parti ma voi non c'eravate mai".

"Sovente siamo a Roma" disse Piero, e Maria indicando Chicco aggiunse: "Se non ci siamo noi lui va dal contadino, e poi è sempre in giro". "Lei la conosco – il veterinario additò la cagnetta –, è dell'architetto che abita in fondo allo stradone; delle volte andiamo a pescare insieme. Odio la caccia, potete ben immaginarlo, ma la pesca mi affascina". Guardò Chicco da tutte le parti.

"Ottima guarigione – sentenziò – sembra che non sia mai stato ferito".
Esaminò la cagnetta che lo guardava intimidita. "Si vede che mi riconosce - rise Gianquinto – mesi fa me l'aveva portata l'architetto perché non mangiava più: sfido io, aveva fatto indigestione di nocciole!". "Indigestione di nocciole? – replicò Maria incredula -; ma chi gliele aveva date, povera bestiola?". "Se le è prese da sola – rispose Gianquinto – Non lo sapete che i cani mangiano le nocciole? E se le sgusciano da soli, sono bravissimi! Non avete mai osservato Chicco? Anche lui le rompe volentieri!". Tutti si voltarono al cane che rimase zitto, stupito di quell'attenzione. Poi Piero raccolse una nocciola da terra – il campo era pieno di piante di quel frutto – e gliela porse sul palmo della mano. Chicco considerò l'offerta, poi prese delicatamente la nocciola fra i denti e con un crac deciso ne frantumò il guscio sputandolo e masticando il frutto. "Ma è pazzesco! – esclamò Maria – Non l'avrei mai immaginato". "Poche non fanno male, ma se ne mangi un chilo – rise Gianquinto – fanno male davvero. E a lei – additò la cagnetta, credo che viziata com'è gliele avevano date i contadini già senza il guscio".
"Come si chiama? – chiese Maria. Gli era insopportabile che un animale non fosse individuato da un nome – Possiamo darglielo noi, ma se ha già un nome, non risponderebbe". "Fatemi pensare – intervenne il veterinario – dovrei ricordarmene, quando l'ho curata l'avranno nominata cento volte". Passeggiava qua e là intorno alla cagnetta che a sua volta girava, mentre anche

Chicco, preso dal movimento, girava intorno a Gianquinto. "È qualcosa di facile...non è uno di quei nomi astrusi...storici o di persone – conosco un cavallo che si chiama Cesare e una cagna nera che si chiama Nera – si fermò illuminandosi tutto - : ecco, la cagnetta si chiama Bianca; è un nome semplice, che le si adatta alla perfezione". A sentire il suo nome, la cagnetta aveva fatto un balzo e si era voltata verso il veterinario che l'aveva pronunciato. "Bianca! – esclamò forte e tutti gli altri ripeterono quel nome con varie intonazioni per imporsi sulla bestiola; ma quella andò dritta da Gianquinto e lo festeggiò salendogli sul petto con le zampe. "Me ne vado – disse lui tutto contento – devo ancora passare dai cammelli, quelli per fortuna stanno sempre bene". "Oh Gianquinto – gli gridò dietro Maria mentre accendeva il motore – portateci una volta, dai cammelli!". "Vedremo vedremo – rispose l'omone, e partì a razzo ondeggiando sulle pietre della stradina.

VIII. Finalmente Piero e Maria potevano permettersi di riposare.

Cioè non andavano a Roma, però si erano portati del lavoro da fare in campagna, articoli per lui, saggi e ricerche per lei. Chicco girava inquieto volendo giocare con loro, ma solo per brevi intervalli i due si lasciavano convincere dal cane e scendevano nel prato lanciandogli una palla che lui riportava al lanciatore. La cagnetta Bianca si vedeva ogni giorno e volentieri condivideva i croccantini con Chicco. Aveva cambiato il comportamento che si limitava a un leggero gioco di carezze; era diventata più ardita nello stesso modo in cui anche Chicco si muoveva saltando sopra di lei e mordendola senza farle male. Maria osservava i due animali; in precedenza quando arrivava andavano da lei pretendendo carezze e aspettando qualche bocconcino. Adesso continuavano i loro giochi senza badarle. Bianca si buttava a terra a zampe aperte incitando Chicco a saltarle addosso; lui si rotolava buttandosi sulla cagna. Era ormai la stagione degli amori e bisognava lasciarli fare, tutti e due giovani e al loro primo contatto amoroso. Andarono dal veterinario con Chicco, volevano che Gianquinto sapesse della trasformazione del cane; ma senza Bianca accanto, Chicco era tornato tranquillo e aspettava il suo turno con i padroni. Erano in attesa della visita dei cagnetti dal pelo bianco riccio, bizzarri nel taglio della pelliccia, tenuti al guinzaglio da una signora molto truccata. Una ragazza con dei pantaloni cortissimi reggeva una gabbia con dentro un gatto grigio dall'aria offesa per la prigionia. Gianquinto uscì per vedere chi c'era e diede a Piero e Maria il segnale di entrare. Erano arrivati ultimi, ma l'autorità del cane accompagnato da due signori giustificava il privilegio. "Che cosa ha combinato? – disse senza preamboli – Niente lotte? Niente ferite?". "Niente ferite, ma lotte sì – replicò Piero -, lotte con Bianca che ormai è quasi sempre da noi". "Ahah! – rise il veterinario – lasciateli fare, dopo che si saranno sfogati torneranno tranquilli".

Fece salire Chicco sul tavolo e lo esaminò con attenzione, segnalando le ferite suturate, del tutto scomparse se non fosse stato per qualche segno sul pelo, appena un po' più corto. Chicco lo lasciò fare, poi al segnale saltò giù dal tavolo. Gianquinto porse a Piero un guinzaglio con il collare: "Tienilo a portata di mano – e intanto lo infilava al collo di Chicco – se fa troppe bizze, così lo calmi subito". "Ci vediamo – rispose Piero – quando passi dalle nostre parti". "O una sera, mia figlia è stata felice di farvi vedere la sua danza". "D'accordo – rise Maria – così imparerò anch'io". E uscirono con Chicco che dava strattoni a quel collare che si sentiva addosso per la prima volta. A casa li aspettava Bianca. Si incuriosì al collare, lo fiutò e gli diede qualche morsetto, finché Piero non lo tolse dal collo di Chicco che sbruffando fece una gran corsa seguito dalla cagnetta.

Raggiunsero il prato rotolandosi nel fieno appena tagliato, dimentichi dei padroni. Ma poi tornarono, e Chicco si strofinò a Maria dimostrandole il suo affetto, un modo quasi umano di manifestare l'attaccamento. Passarono così i mesi della prima estate, senza che avvenisse qualcosa di particolare. Maria scriveva la sua relazione per l'università; a volte la rileggeva a voce alta per rendersi conto se funzionava quanto aveva scritto. Chicco le stava seduto davanti, attento alla sua voce; quando lei aveva finito, le saltava addosso reclamando una corsa insieme. Piero lavorava ai suoi articoli, gliene avevano chiesti parecchi, interessati a come trattava gli argomenti. Tutti e due dovevano per forza andare a Roma, e restarci quel tanto che bastava per organizzare il lavoro per i giorni successivi. Pensare di portare Chicco a Roma, neanche a pensarci. Sarebbe stato penoso farlo uscire di casa per le passeggiatine dei cani, senza le corse sterminate nei campi. Decisero di fidarsi. Con il contadino erano rimasti in ottimi rapporti, era lui a curare il giardino, a tagliare l'erba e a dare acqua alle piante. Gli lasciarono una bella quantità di croccantini e dei soldi in caso avesse bisogno di comprarne. Francesco promise di fare la guardia a Chicco, nel contempo dava un'occhiata alla casa. Quanto a Bianca, andava e veniva dalla casa dell'architetto, la strada di giorno era tranquilla, era solo necessario che i cani non si facessero coinvolgere dalle lotte notturne che Chicco aveva conosciuto a sue spese.

Dunque Piero e Maria partirono per Roma. I due cani rimasero seduti a terra dietro alla macchina, guardandola allontanarsi in silenzio, con una mestizia che aveva dimenticato la gioiosa accoglienza dell'arrivo. Quando la macchina non si vedeva più, si misero uno accanto all'altra e si addormentarono, fino a che il freddo della notte non li fece rifugiare nella cuccia che all'esterno aveva preparato Maria, se Chicco avesse voluto dormire fuori.

IX. A Roma Piero sbrigò con il giornale gli impegni per gli articoli successivi. La vita in città gli sembrò priva di attrattive, era una stagione in cui i teatri erano chiusi, i film reclamizzati in arrivo, gli incontri e le conferenze rimandate in autunno. Piero non vedeva l'ora di tornare in campagna, e aspettava che Maria si sbrigasse con la sua università. Anche lei cercava di concludere i suoi impegni di studio, ma ci teneva troppo a raggiungere il massimo delle sue possibilità prima di consegnare il lavoro. Così aveva incontrato il suo professore, rimandando a un appuntamento successivo di consegnargli il testo finito.

Partirono in tarda mattinata, volendo sfruttare ancora la giornata di luce che offriva la stagione. Arrivati alla stradina, videro il cancello aperto. "Francesco starà facendo qualche lavoro – fece Piero – approfittando che non ci siamo noi... Porterà via il fieno...Taglierà un po' di legna...". "Ma come mai non c'è Chicco? – protestò Maria – Di solito viene di corsa a raggiungerci". E a voce alta lo chiamò più volte. "Chicco! Chicco! Chiccooo!". A grandi salti, in preda a una danza festosa, Chicco apparve dal boschetto, e seguì il breve percorso dell'auto per posteggiare. Quando Maria uscì dalla macchina, Chicco fu invaso da un'autentica voglia di festeggiare. Senza abbandonare Maria, si accostò anche a Piero e condusse entrambi dove lui voleva, una sorta di intrico di foglie e di erba, insieme a qualche vecchio plaid rimediato dalla cuccia. Sporgevano da quell'ammasso morbido cinque testoline pelose su cui troneggiava Bianca con aria di trionfo. Chicco altrettanto orgogliosamente esibiva il gruppo rimanendovi accanto. "Ma guarda che cosa hanno combinato questi due! – esclamò Piero – E noi non ci siamo accorti di niente. Forse il contadino ne sa qualcosa". "Francesco – chiamò a gran voce – Francesco, quando è successo tutto questo?". Il contadino sbucò dal canneto dove stava ripulendo le piante troppo fitte. "Eravate a Roma – cominciò a raccontare – e io vedevo che lei stava per fare i cagnolini. Ne vediamo tutti i giorni, di animali che partoriscono, gatti, conigli, maiali ... Fanno quasi tutto da soli. Solo qualche volta si chiama il veterinario, ma giusto per le bestie grandi, cavalli, vacche...

E insomma, passa di qui il signor Gianquinto, tornava dalla pesca, sapeva che eravate fuori, e mi chiede dei cani. Stavano vicino alla cuccia davanti a casa. Chicco gli fa delle feste, ma lui guarda Bianca, vede che era grossa e dice: "Questa qua vi fa un bel po' di cagnolini. Ma lasciatela tranquilla, non ha bisogno di nessuno, fanno tutto da soli", e se ne va. "Il giorno dopo torno a portare i croccantini e trovo Banca circondata da questi cinque piccolini, sull'erba, con lei che li lecca uno per uno, mentre Chicco si dà da fare per trovargli un posto dove sistemarli. Lo aiuto a mettere assieme quella sorta di capanna e loro con i denti ci portano, uno per uno, i piccolini ancora con gli occhi chiusi." I cagnetti si erano attaccati alle mammelle della madre e succhiavano con impegno. Chicco andava e veniva tra la cuccia dei piccolini e Piero e Maria che non finivano di manifestare la loro meraviglia. "Bisognerà dargli da mangiare un cibo per i neonati – decretò lei da esperta. - Sentiamo Gianquinto". "Me lo ha già suggerito il veterinario – interloquì Francesco – e ne ho comprato un po': funziona, l'ho provato ieri, non possono sfinire la madre". Bianca lasciava che le rimanessero attaccati tutti e cinque, senza ribellarsi. "Bisogna nutrirla con roba sostanziosa – decretò Piero, pratico. "Scatolette – aggiunse Maria – e qualcosa dalla cucina, dei nostri arrosti". Proseguirono a occuparsi dei cani per il resto della giornata. Chicco era il più felice e pareva pretendere complimenti.

Superato il clima gioioso, emerse il problema. Che fare di quei cinque piccoletti una volta autonomi dalla madre? In pochi giorni avevano aperto gli occhi, si erano fatti più nitidi i colori della pellicciotta che ricopriva ognuno di loro, e si cominciavano a delineare i caratteri differenti di ciascuno. Maria scoprì che dei cinque uno solo era maschio; le quattro femmine erano appena più grosse di lui: una era di un colore scuro molto simile a Chicco, soltanto leggermente crespato, segno che da uno dei genitori proveniva qualche barboncino; poi c'era una vera e propria barboncina: entrambe erano destinate a due amiche di Maria che vivevano fuori Roma. Un'altra era bianca con macchie scure e la scelse il contadino che la valutò più robusta delle compagne, adatta magari a fare quella guardia che dai tempi di Chicco piccolo aveva previsto. Un batuffolo bianco di cagnetta con una stellina in fronte si agitava su tutti gli altri pretendendo la mammella più gonfia: si buttava sopra i fratelli senza farvi attenzione e così tutti rotolavano intorno a Bianca che li riassestava con pazienza. Era venuto l'architetto, che aveva concesso che la sua cagna facesse coppia con Chicco: adesso, e giustamente, voleva la piccola così simile a sua madre, tranne che per quella stella in fronte che la rendeva unica. Rimaneva il maschio che guardava Maria come se volesse restare con lei: inerpicandosi sugli altri cercava di raggiungere il bordo della cuccia sporgendosi in avanti. "Poldo!" esclamò Maria e lo prese tra le mani spalancate, dove lui si rifugiò subito acciambellandosi. "Mi è venuto d'istinto di chiamarlo così – riflettè Maria - Chissà perché". "Poldo è un nome adattissimo per un cane simpatico come questo – sentenziò Piero - : lo chiami: 'Poldo!' e lui ti viene incontro". Ancora tra le mani di Maria, Poldo si protese verso Pietro. "È un cane affettuoso, - disse lui - a chi lo daremo?". "A qualcuno che lo meriti, magari a un amico da cui possiamo andare a vederlo" replicò Piero. "Meglio di no – Maria scaricò Poldo tra le sorelle - , il cane deve affezionarsi a un padrone, se lo teniamo legato a noi non accetterebbe nessun altro padrone". Così andavano scambiandosi proposte e descrizioni, mentre i cuccioli crescevano. Maria curava in maniera particolare quei cagnetti. Al mattino presto erano già svegli; Chicco non gli badava più e gironzolava per conto suo, come se non avesse nessuna paternità di quei figli. Bianca era tornata alla casa dell'architetto portandosi dietro la cucciola sua simile e, sollevata dagli altri quattro, si adoperava a nutrirla ancora con il suo latte. I cagnetti fuori dalla cuccia aspettavano impazienti.

"Piccoli!": la voce di Maria li faceva scattare in una breve corsa fino a lei, che distribuiva il cibo che gli piaceva tanto. A differenza del primo mattino, il pomeriggio era caldo in maniera insopportabile.

I cagnetti avevano il permesso di entrare in casa, al fresco della stanza difesa dalle pareti di pietra; allora si addormentavano sul tappetino di paglia beatamente accostati l'uno all'altro. Verso sera poi uscivano e si mettevano a giocare fingendo lotte feroci; talvolta vi partecipava anche Chicco, ma come fosse stato un estraneo capitato per caso: così sono gli animali. Stava facendosi autunno, si doveva andare a Roma con i cuccioli che venivano reclamati dai futuri padroni. Di sicuri c'era una cagnetta dal pelo riccio che era attesa da una ragazza amica di Maria: aveva già una cucciola pezzata e voleva una compagnia per lei. Poi c'era una collega di Maria che insisteva che sua madre prendesse un cane per distrarla dal lutto recente del marito: la signora temeva di essere impedita dal cane nella sua libertà e tergiversava, ma a deciderla intervenne Maria portando la cucciola alla donna, che una volta avutala in grembo si intenerì e acconsentì a tenerla con sé. Restava da decidere dove mandare Poldo. Lo volevano da più parti, era maschio e avrebbe dato meno problemi di una femmina. Già dal nome dava l'impressione di una immediata simpatia. Si decise di affidarlo a una coppia di amici di Piero, un ragazzo e una ragazza amici del giornale: in caso di problemi sarebbe stato facile riprendere Poldo. Partirono alla volta di Roma con lo scopo di concludere il problema dei cani. Erano soltanto quei tre, il contadino si era preso la cucciola pezzata, e la nutriva al meglio con i resti dei cibi di quelli che partivano.

A Roma scaricarono la cesta con i cani in sala da pranzo, il posto dove c'era più spazio perché si muovessero a loro agio. Quelli non ci pensarono due volte e senza nessun imbarazzo cominciarono a rincorrersi e a fare la lotta sul pavimento lucido di legno.

Con alcune telefonate concertarono che i futuri padroni venissero a prendersi gli animali a loro destinati e in un paio d'ore non rimase in casa che Poldo in attesa di chi gli era stato destinato. Quelli sarebbero venuti quando avrebbero terminato il lavoro al giornale.

Maria preparò con cura una scatola di cartone con le ante per chiuderla; dentro ci mise la copertina preferita di Poldo, infine, quando arrivarono i padroni, vi portò Poldo accucciandolo sul fondo della scatola. Il cane guardò in sù e incontrò lo sguardo di Maria. Stentava a non piangere, mentre lui la fissava con gli occhi lucidi, silenzioso e significativo. Maria chiuse la scatola e la consegnò ai ragazzi. Finalmente avrebbero potuto riprendere i loro lavori.

X. Si abbatterono su Piero e Maria una marea di impegni trascurati, di cui si erano del tutto dimenticati. Tasse da pagare, bollette scadute, abiti da cambiare per l'incombere dell'autunno quasi invernale. Chicco gli mancava ma ne ricevevano notizie dal contadino: Francesco era spesso in campagna, era il tempo della raccolta delle olive e qua e là lui aveva degli appezzamenti di terreno in cui si affollavano degli ulivi. Un giorno Chicco sparì; nonostante i richiami del contadino non rispose anche se doveva avere senz'altro fame perché non si era fatto vivo dalla giornata precedente. Poi arrivò la telefonata che non avrebbero mai voluto ricevere. Chicco era stato scoperto in un fosso nel tentativo di raggiungere il casale. Svenuto, incapace di reagire, ferito da una lunga lama che gli aveva segnato tutto il corpo e rotto una zampa davanti. Francesco lo aveva raccolto in una cassetta della frutta e lo aveva portato dal veterinario. Ma Gianquinto non aveva potuto fare granché nelle condizioni in cui si trovava Chicco, ci volevano interventi operatori con strumenti adeguati e gente che se ne intendesse. Quando poi si sarebbe dovuto vedere se era possibile ancora recuperare il cane da una morte probabile. Nella telefonata si diceva tutto questo, il contadino chiedeva ai padroni di venire al più presto per portare il cane in una clinica. Piero e Maria erano ad un convegno in Sicilia, la distanza dalla campagna notevole, e il tempo stretto per agire. Presero un treno notturno, seduti al freddo di uno scompartimento sgangherato, domandandosi come fosse successo quello che avevano appena sentito senza il motivo di quel ferimento mortale, se l'intervento di un cacciatore che avesse scambiato il cane per una preda, oppure qualche altra cosa, che non riuscivano ad immaginare. Di seguito, senza passare per casa, presero la macchina e corsero al casale.

Ricordavano le galoppate di Chicco per raggiungerli sulla strada, i suoi triangoli per accorciare il cammino. Il cane era fasciato alla meglio,
per fermare il sangue che era fuoriuscito copioso
dal petto, e seguiva un taglio che rischiava di
sezionarlo, mentre la zampa era appena tenuta
insieme da un lungo cerotto. Il contadino azzardò
l'ipotesi più attendibile, una trappola per le volpi
inserita nella verdura dell'orto, che Chicco non
aveva visto ignorando che ci fosse quel pericolo:
simili trappole non erano state proibite, perché
erano molto dannose per gli animali e finivano
per infierire su animali inermi anziché sulle furbe
volpi che ne stavano alla larga. Avevano già
individuato la clinica a cui andare, caricarono
Chicco dentro la sua cassettina, che appena aveva
dato segni di vita, avvertendo che erano arrivati i
padroni. Ma il tempo trascorso dopo l'incidente
aveva aggravato lo stato dell'animale e non c'era
altro tempo da perdere.
Divorarono la strada trafficata fino alla clinica
scivolando sulla discesa ripida del garage. Alla
reception la gente si accalcava ciascuno gridando
il nome del suo cane: l'animale veniva portato
fuori da un infermiere e assegnato al padrone in
un confuso sovrapporsi di grida e abbaiamenti.
All'arrivo di Piero e Maria con la cassettina di
Chicco la gente fece spazio e li lasciò passare.
Esanime, incurante del chiasso, il cane dava
appena qualche segno di vita. Subito li fecero
entrare nella sala delle operazioni. Una donna alta
in camice bianco e l'aria intensa si protese subito
a Chicco che respirava assopito, pieno di sangue.

"Oh! ma è andato a finire in un trappola per cinghiali – esclamò la dottoressa – è successo anche a una mia cagna, ha perso una zampa – aggiunse -, bisogna operarlo senza perdere un minuto, spero che siamo in tempo". Maria fece il gesto di seguire la dottoressa, ma quella la fermò decisa: "Fidatevi! – il tono era di comprensione – il nostro impegno è guarirli, sappiamo l'affetto del padrone per il suo cane; andate tranquilli, ne avremo per ore, non vi conviene restare qui ad aspettare". "Mah... – stava cominciando a rispondere Maria -, e Piero, che capiva al volo le situazioni, la trattenne: "Grazie dottoressa – pronunciò forte -, grazie per quello che farete. Abbiamo fiducia" e trascinò la compagna alla stanza dei ricevimenti per dare i dati che servivano a ricoverare Chicco. Seppero così che i cani hanno sette gruppi sanguigni, che diventano addirittura venti per delle suddivisioni ulteriori. Il cane donatore deve essere giovane, al massimo una decina di anni, e non sempre si trova il gruppo sanguigno necessario a fare la trasfusione a chi ne ha bisogno. Per fortuna il gruppo che serviva per Chicco venne subito individuato attraverso la comunicazione che dalla sala delle operazioni arrivò alla stanza dei ricevimenti, Piero e Maria tirarono un respiro di sollievo: "Almeno il sangue c'è", dissero attaccandosi a quella speranza, e abbattuti ma pieni di rinnovata voglia di combattere partirono in macchina.

Il giorno seguente ricevettero una telefonata della dottoressa: il cane era stato operato, tolti i brandelli di carne dove si dovevano realizzare delle cuciture; con perizia degna di chirurghi umani avevano rimesso a posto i muscoli e irrobustito il corpo attraverso alcune trasfusioni. Chicco aveva ripreso uno sguardo partecipe, anche se rimaneva imbambolato per via delle anestesie che con abbondanza gli avevano praticato a causa delle profonde operazioni cui erano stati costretti. Tutto questo aveva spiegato la dottoressa ai due ragazzi, con la pazienza di chi sa quanto valga l'affetto di un cane per il padrone e viceversa. Li aveva però sconsigliati di venire a vedere Chicco: aveva bisogno di stare tranquillo e di non emozionarsi, il che sarebbe successo alla vista di Piero e di Maria. Lo avevano messo in una sorta di gabbietta, accanto ad altre gabbiette abitate da cani operati che come Chicco avevano bisogno di tranquillità. Ancora non risolta, la zampa: fasciata con una bacchettina, pendeva inerte, spezzata, in attesa di soluzioni. I due ragazzi andarono finalmente a trovarlo; al suo turno venne chiamato dalla signora della reception e si aprì la porta per farlo arrivare ai padroni: un irrefrenabile abbaiare festoso si scatenò da quel piccolo corpo fasciato, che saltò in grembo a Maria sostenuta da Piero.

Incurante delle ferite si muoveva come se fosse tutto sano; la gioia di rivedere i padroni gli faceva dimenticare la sua condizione. Gli diedero il permesso di stare un po' con loro nella saletta degli ospiti; li raggiunse la dottoressa che raccontò della lunga operazione a cui era stato sottoposto: ormai era fuori pericolo, ma la guarigione era lunga e richiedeva cure e attenzioni. Per

la zampina si provarono varie soluzioni. Si innestarono delle scaglie nell'osso, si cercò di allungare le due estremità dove stava la rottura, per sollecitarne una sutura. Una volta sfasciato venne fatto nuotare in una vasca per allenare quei muscoli atrofizzati. Non ci fu niente da fare. La dottoressa seguiva i tentativi come se il cane fosse stato suo, tanta era la dedizione che gli metteva a seguirlo. Non ci fu altro da fare che decidere di recidere la zampa. "Zoppicherà! – pianse Maria – Non potrà più fare le sue corse nei prati!" "Intanto lo abbiamo salvato – con spirito pratico replicò la dottoressa – e poi, non è detto che non possa più correre". "E come?", Maria non si staccava dal pensiero di Chicco invalido. "I suoi muscoli sono intatti – la dottoressa affrontò il discorso sul piano pratico – Userà una sola zampa davanti, che gli metteremo al centro del petto. E vedrete che ci sarà della gente che vi chiederà se il vostro cane è nato così, con tre zampe sole!".
Si decise per l'operazione; Chicco era tranquillo, gli tornavano le forze e la gioia di vivere. Gli altri cani lo rispettavano per le cure che riceveva dalla dottoressa; i medici e gli infermieri sapendo quanto era stato in pericolo di vita lo carezzavano raggiungendolo sul pavimento: ormai lo aveva conquistato percorrendolo di corsa, aveva una cuccia grande rispetto alla gabbietta della sua degenza più difficile, tutto insomma stava rientrando nella normalità. Più volte il veterinario aveva telefonato per avere notizie da Chicco. Conosceva la dottoressa dal tempo dell'università e sapeva quanto fosse apprezzata.

La dottoressa dirigeva un gruppo di medici chirurghi, non era un'impresa facile quell'operazione, non bisognava sbagliare, pena l'infermità permanente. Piero e Maria anziché andare a casa vagarono nel parco della villa comunale davanti alla clinica. "Ci porteremo Chicco", si dissero mentre percorrevano i viali cercando di distrarsi. La dottoressa li raggiunse un paio di ore più tardi.

"Immaginavo che eravate rimasti da queste parti". Fece un fischio e una magnifica cagnona le corse incontro. Si agitava con grazia girandole intorno, lei la accarezzò e quella si mise dritta in piedi agitando le lunghe orecchie bionde, come tutto il bellissimo pelo.

E soltanto quando l'animale fu in piedi si accorsero che sul davanti dal pelame biondo scendeva un'unica zampa, ben piazzata al centro del petto in modo da consentire la corsa e l'equilibrio del corpo.

"Venite, sarà contento di vedervi" – disse la dottoressa, e li precedette fino all'entrata della clinica. Era l'ora della chiusura, e i medici stavano andandosene. "Andiamo da Chicco? disse uno rivolto a un paio di altri medici. "Andiamo da Chicco, siete voi i padroni" e senza attendere risposta disse: "Si è comportato magnificamente, il ragazzo, e sembra proprio nuovo".

Chicco era tutto fasciato; sul davanti gli scendeva la zampa sana e robusta che lo reggeva insieme a quelle anteriori; un gruppo di medici stava commentando l'operazione, lui andava di qua e di là annusandoli e scodinzolando, immemore di quanto aveva passato.

"Adesso deve riposare – intimò la dottoressa che si era portata appresso la cagnona. Alla sua voce tutti si fermarono, Chicco venne portato alla cuccia e i medici se ne andarono complimentandosi ancora per l'operazione. Nell'ambiente sempre chiassoso era sceso il silenzio. "Chicco deve riposare – ripetè la dottoressa, e fece strada agli altri per uscire – Adesso non sente dolore, è ancora sotto anestesia, dobbiamo dargli qualche giorno per riprendersi, e abituarsi al nuovo modo di camminare". Piero e Maria tornarono a casa sollevati; la vista della cagnona della dottoressa li aveva convinti che Chicco avrebbe potuto di nuovo camminare. Ma si poneva il problema di lasciarlo da solo, in campagna, a rischio di essere attaccato da altri cani, e di certo non era nelle condizioni fisiche per sostenere un assalto. Avrebbero dovuto lasciarlo solo, perché era ormai tempo di restare in città, e per lo più di raggiungere la campagna alla fine della settimana. Avevano un'amica che amava i cani, e teneva con sé un Jack Russel scatenato: avrebbero potuto chiedere a lei se poteva venire in loro aiuto. Giovanna dirigeva una comunità, con un grande giardino. Ma abitava a settecento chilometri rispetto a dove stava Chicco.

XI. Poco per volta Chicco riprendeva le forze. Erano rimaste poche bende rispetto a quelle iniziali; sul petto si incrociavano i muscoli sotto la pelliccia che pareva non essere mai stata tagliata, tanto l'operazione era perfetta. Chiesero il permesso di portarlo fuori, per una passeggiata, e i medici acconsentirono: "Ma non stancatelo troppo", e così se l'erano preso ed erano andati nel parco della Villa.

Era pieno di cani che passeggiavano con i loro padroni, ciascuno al guinzaglio, con il suo bravo collare. Alla vista di quell'atto di obbedienza dei cani osservati fino a quel momento, Chicco accettò il collare; tirava il guinzaglio per allontanarsi il più possibile, nell'illusione di essere libero, poi pian piano si calmò, camminando tranquillo. A una fontana manifestò il desiderio di bere, ma non si doveva farlo bagnare con tutte quelle fasce. Maria fece una conchetta con le mani e gliele porse. Chicco bevve divertendosi alle bollicine, scodinzolava come ai vecchi tempi. In uno spiazzo circondato da lillà un paio di cani liberi si rincorrevano controllati dai padroni. Piero liberò Chicco e questi affrettò il passo fino alla corsa. Era una meraviglia vederlo muoversi come fosse stato sano. Per tornare alla clinica accettò di nuovo il guinzaglio, riconoscente per quel briciolo di libertà. Il problema adesso era il dopo clinica. Lo congedarono dopo alcune settimane, quando ormai non si vedevano più le ferite e lui sembrava nato così. Avevano preso un appuntamento con il veterinario, che vedesse Chicco e desse il suo parere; con il cane in macchina partirono direttamente per la campagna. "La dottoressa è una maga – esclamò Gianquinto osservando il cane – Ho visto Chicco moribondo, se non fosse stato per lei lo avremmo perduto".

Erano senza invidia le parole del veterinario, denotavano una sincera ammirazione per la ex compagna di studi. "Ma adesso che farete? - si rivolse ai due ragazzi – Da solo qui non può stare. E non credo che sia un animale da città". "Abbiamo in mente un progetto – disse Maria -: una nostra amica con una comunità... dobbiamo parlarle". "Ci mancherà – disse Gianquinto, e andava accarezzando il cane che lasciava fare da quella manona amica – forse ogni tanto vedrò un paio dei suoi cuccioli, quello del contadino e la figlia della bellissima Bianca, la Bianchina che l'architetto si tiene con la madre. E voi, quando lo vedreste? "– aggiunse trattenendo la commozione. "Abbiamo casa da quelle parti: casa di famiglia – aggiunse – non come qui che siamo nel casale di un amico". Pareva tutto facile, adesso che Chicco stava bene. Ma bisognava non rischiare altre cadute. A prezzo di sacrificare di vederlo. Entrarono senza indugi nel parco; il cane vi si buttò a perdifiato nell'erba alta, poi si rotolava e riprendeva a correre, dimentico di tutti i dolori patiti. Passarono così alcuni giorni felici. Francesco, il contadino, non credeva ai suoi occhi: l'aveva trovato lui, squartato e quasi privo di vita. "Miracolo! Miracolo" – ripeteva guardandolo mentre Chicco gli girava intorno. E fu tutta una festa, in cui si cercava di dimenticare le decisioni imminenti. L'unico a ignorare che cosa si combinava per lui era proprio Chicco. Aveva ripreso le abitudini di un tempo e la sera gli era

stata assegnata la poltrona del suo primo soggiorno in quel casale. Quando sentiva alzarsi Maria, batteva la coda a ritmo per dimostrarle che era sveglio e la riconosceva. Lei allora andava dove stava il cane e gli faceva un po' di carezze. Giovanna aveva ascoltato con attenzione la proposta di Maria. "Abbiamo già il mio Pois – disse convinta -, ha fatto amicizia con i ragazzi. Gli animali fanno molto bene in una comunità terapeutica, aiutano a socializzare, fanno giocare i più chiusi, sono un elemento positivo". Quanto alla distanza, di circa settecento chilometri, Giovanna risolse subito il problema: avrebbe incaricato Paolo, uno dei ragazzi in vacanza presso la sua famiglia dalle parti di Piero e Maria, a portare in macchina Chicco. "Sono certa che starà buono – garantì lei – è abituato a socializzare con la gente più estranea".
Alla partenza, di primo mattino, Chicco ebbe qualche sentore di quello che stava avvenendo. Anche il piccolo plaid della sua cuccia messo sopra il sedile davanti, accanto al guidatore, gli diede il presentimento di qualcosa di insolito, e così la corsa nel prato insieme a Piero, e poi il lungo abbraccio di Maria. Partirono con il nuovo autista prima che si scatenasse la commozione. Quando ormai erano lontani, sullo stradone, Chicco si distrasse a vedere le pecore sul prato e il cane che le inseguiva. E poi tutto quello che vedeva, e che man mano gli si srotolava davanti allontanandolo dai luoghi in cui aveva vissuto per portarlo con fiducia inconsapevole, in un mondo lontano. Chicco rimase tranquillo al suo posto,

continuando a guardare il paesaggio che via via mutava con il cambiare delle regioni. Soltanto un paio di volte fece capire che aveva bisogno di fermarsi, per fare una pipì, tranne questa richiesta, non chiese nient'altro.

XII. Arrivarono a pomeriggio inoltrato. Giovanna li aspettava con Pois accanto. Lo splendido Jack Russel con la sua bella macchia tonda di colore biondo sulla pelliccia bianca aveva l'aria del padrone gentile, e si sporse a Chicco per dargli il benvenuto. Ma Chicco era abituato alle maniere forti, fraintese il movimento e ringhiò mettendosi sulla difensiva. Stava per scoppiare una lite, il nuovo venuto non capiva che cosa rischiava di giocarsi, con quel suo carattere. "Bene bene – rise Giovanna – li manderemo dalla signora Ines e metteremo tutto a posto. Per ora, teniamoli divisi". Mandarono Pois in casa dai ragazzi che volentieri stavano con lui, trattenendo Chicco e facendogli festa. La signora Ines, esperta di educazione di cani ribelli, era capace di renderli docili e concilianti, così avrebbe fatto con questi due. Dopo un po' che erano arrivati, Chicco giocava, immemore della sua reazione, con i ragazzi della comunità. Suonò il telefono di Giovanna, erano Piero e Maria che volevano sapere se tutto era a posto. "Tutto benissimo! – mentì Giovanna sulla reazione di Chicco - stiamo d'incanto, e i ragazzi giocano con il nuovo arrivato, sono anche stupiti di vederlo correre con tre zampe, è proprio uno spettacolo". I giorni successivi furono dedicati all'educazione del nuovo venuto, e Pois fece proprio da padrone di casa, si adeguò alla presenza di un possibile rivale, giocò con lui e accettò addirittura di dividere la cuccia: l'uno a senso inverso dell'altro si tenevano insieme e dormivano placidi.

Oltre ai ragazzi della comunità, Giovanna aveva organizzato un gruppo di donne che avevano bisogno di un posto tranquillo per rimettere in sesto una vita colpita da più situazioni difficili. Certe erano giovanissime, avevano dovuto affrontare delle situazioni familiari che le aveva stroncate, altre avevano avuto una vita distrutta da un compagno violento, o addirittura avevano figli grandi, toccati dalla droga. Era un luogo in cui si poteva sperare in una ricostruzione della propria personalità quella che si proponeva loro nella comunità. Ma non era facile, specie a una certa età, o con una famiglia perversa, cancellare quello che si era vissuto.

Queste donne si riunivano in piccoli gruppi, discutevano a cuore aperto delle loro rispettive situazioni, senza inutili pudori, e trovavano nell'ascolto delle compagne e nei loro giudizi motivi per reagire a uno stato spesso di mancanza di volontà nella speranza di riuscire a cambiare la propria vita.

Chicco se ne stava volentieri sul prato, certe volte facendo qualche corsa sull'erba per poi rotolarsi con una felicità che lo riportava ai vecchi tempi. Non aveva dimenticato Piero e Maria, ma li vedeva come offuscati dalla lontananza, e aveva tante cose che lo impegnavano da non provare dentro di sé quella che gli esseri umani chiamano la malinconia. Dove si fermava qualche volta, dopo una rapida corsa e una capriola, là si radunavano le donne facendogli circolo. Lui pareva ascoltare; stava zitto senza abbaiare, le donne lo accarezzavano e lui lasciava fare, distribuendo zampate a questo e a quella.

Qualche mese dopo il suo arrivo, erano venuti a trovarlo Piero e Maria, una sorpresa con una corvée per superare la distanza in poco tempo, dato che dovevano essere a Roma al più presto.

Quando, sporgendosi dal cancello, Maria lo vide in mezzo alla cerchia delle donne, gridò con tutta la sua voce Chiccooo!. Lui balzò in aria correndo subito in direzione della voce, e abbaiando raggiunse Maria. Le feste furono quanto mai affettuose, come se non fosse passato neanche un giorno, lui aveva scelto quella ragazza come la sua padrona, e quella sarebbe rimasta per sempre. Anche Piero si unì ai festeggiamenti, si aggiunse Giovanna, e Pois ormai amico fraterno.

Partirono che fece un po' di lamentele, non valsero i richiami delle donne a distoglierlo dal cancello da dove era uscita Maria, con ultimo saluto a Chicco. Ma poco dopo il richiamo di Giovanna, ad andare nell'orto a raccogliere la frutta e la verdura lo distolsero dagli affetti che sentiva gli sarebbero comunque rimasti.

Con il gruppo dei ragazzi arrivò all'orto e rimase ad assistere alla raccolta dei pomodori e delle pesche, di cui era ghiotto.

Per anni rimase in comunità, guida affettuosa delle donne, che sempre lo volevano fra loro, come un saggio che capisse i loro problemi.

Morì senza accorgersene, nella cuccia dove stava insieme a Pois.

Lo vollero tra loro, nell'orto, sotto un cespo fiorito di gelsomini, che divenne la meta di chi avesse da riflettere sui propri problemi e chiedesse ascolto.

STORIA DI GINA PANE
un'artista

San Giorgio

Correva per i campi con i suoi pantaloncini corti per raggiungere la cascina dove abitava con la madre, il padre e la sorella Doris.
Correva per anticipare l'arrivo della ragazza che era caduta dalla bicicletta e sanguinava alle ginocchia. Pronta con l'acqua ossigenata, ne deterse il sangue; trovò un paio di cerotti e li applicò rapida.
Non si erano mai incontrate prima; si erano viste di sfuggita, appena un'occhiata fra un negozio e la strada, la Gina con tutta la famiglia abitava in cascina. Il padre aveva uno stanzone in paese, dove accordava pianoforti; fino alla guerra aveva tenuto dei concerti in Francia, poi non era stato più possibile, ed erano venuti a stare lì, anche per via della moglie austriaca. Gina era nata a Biarritz, e nella voce pizzicata in italiano ne conservava l'origine.
Dimenticato l'incidente, si misero a chiacchierare. La soluzione della cascina dipendeva dalla fretta; presto sarebbero andati a vivere in paese, accanto allo stanzone del padre, era proprio in faccia al vicolo dove si affacciava il portone di Maria. Si promisero di rivedersi, l'amicizia era fatta.
Donna di una bellezza severa, la madre arrivava dalla cascina in bicicletta per fare le poche spese per la famiglia; si fermava un momento dal marito e parlavano di quella vita furtiva che erano

costretti a fare, con la gente che li spiava con sospetto e il lavoro scarso nell'accordare pianoforti.

Chi si vedeva di più in paese era Doris, la sorella maggiore, che richiamava nel volto i tratti di una madonna. Berto, il giovane studente di pittura dell'accademia, le aveva chiesto di posare per lui. Pochi giorni dopo l'incontro in cascina, la famiglia si era trasferita in paese. Maria arrivò in punta al vicolo e vide Gina appoggiata al balconcino, i soliti pantaloncini corti ancora più evidenti da quell'altezza, subito farle un saluto a braccia spalancate: " Siamo arrivati! Scendo giù". In un attimo era già in strada e abbracciava Maria come un'amica da tempo conosciuta. Scoprirono che a tutte e due piaceva disegnare, ma fuori, ispirandosi alla natura che gli capitava di vedere, frutti, fiori, animali e loro stesse nei volti intenti a lavorare sul foglio, a vicenda sorprendendosi nelle espressioni dell'una e dell'altra. C'era in paese chi non vedeva di buon occhio l'amicizia fra le due ragazze. Soprattutto criticava come si vestiva Gina, i suoi comportamenti disinvolti di ragazzo, mentre la famiglia di Maria era abituata ad abbigliamenti di stile classico mai esibizionistici. Ma Gina non voleva essere notata, era così perché ci stava comoda, in quei pantaloncini, e lei non ci aveva pensato due volte a metterseli, anche in paese dove le donne portavano abiti severi e le amicizie erano sperimentate. Il più critico di tutti era il parroco, e lo aveva detto, il suo parere, alla madre di Maria, quella francese poteva andare a finir male, che stesse attenta alle amicizie di sua figlia. Riferito il giudizio del buon sacerdote, che non andava a conoscere quei nuovi parrocchiani perseguitati dalla sorte, la madre di Maria aveva fatto capire alla figlia che non le importava del giudizio superficiale del parroco, si fidava di lei e credeva nell'onestà della Gina. Delle due sorelle si andavano scoprendo doti nascoste, un'educazione che teneva conto delle lingue – conoscevano il francese e il tedesco, oltre all'italiano – sapevano suonare il pianoforte e cantavano, anche con scanzonate intonazioni, delle canzoni francesi. Una qualità che aveva sorpreso Maria, che non aveva mai conosciuto prima, era che le due sapevano recitare; o meglio, avevano un modo mai scoperto prima di indicare le cose, gli atteggiamenti, i gesti, che le poneva in un mondo affascinante di invenzione.

Era stato nel giardino di casa sua, dove lei le aveva invitate, questa forma di espressione che Maria non esitò a definire magia.

Circondate dal verde vi si erano tuffate sparendo fra i rami; poi ne erano uscite appena sporgendosi con il volto e le mani: ma non erano più mani, erano grappoli d'uva dagli acini tondeggianti, oscillanti davanti ai volti incantati delle due ragazze. "Vuoi assaggiare la nostra uva? – dissero l'una e l'altra con un tono di mistero – Ecco, te ne diamo un grappolo!" e si sporgevano con le braccia; all'estremità le mani erano diventate l'uva magica, e Maria ne avvertiva il profumo.

Con una risata spezzarono l'incanto, le mani tornarono mani e il profumo sparì. Per la prima volta nella vita, Maria vide interpretare il mimo, inventare dal nulla le cose, fare teatro.

Ogni giorno la madre di Gina era alla ricerca di cibo per la sua famiglia; andava in bicicletta alla cascina dove le vendevano le uova e qualche verdura; ma era il pane a scarseggiare a quelle ragazze affamate, e la madre non riusciva a procurarsene più della scarsa quantità della tessera, che con la parsimonia dei bollini ne consentiva due etti al giorno per ciascuno. La madre di Maria la incontrava dal panettiere in attesa del suo turno, pronta a dare i suoi bollini per la quantità di pane che gliene veniva, scarsa davvero; con mossa abile allungava le mani ai bollini raccolti a un lato del banco, le dita umide ne trascinavano con sé consegnandoli alla donna austriaca che con uno sguardo riconoscente li afferrava al volo. Un'occhiata d'intesa passava fra le due madri, non parole. Famiglia di idee partigiane, quella di Maria non dava confidenza a chi non conosceva, meno che mai a persone di fuori la cui madre era straniera: non si andava oltre a un cenno di saluto. Per le ragazze era diverso, spensierate e allegre, con loro non c'erano problemi. E infatti l'amicizia con il giovane pittore che studiava all'accademia fruttò il pilone con l'immagine della madonna, che in tutto richiamava i lineamenti di Doris. Di fronte a questo riferimento religioso del volto di una delle due straniere anche il parroco rinunciò alle sue critiche, pur continuando a contestare il modo di vestire di Gina. Ma lei era tutta presa dal suo desiderio di dipingere, e insieme a Maria se ne andava nei boschi alla ricerca di ispirazione. Non era la bellezza di un paesaggio o un albero particolare ad attrarre l'attenzione di Gina. La sua era una ricerca di qualcosa che le stava dentro, un tormento che mostrava un aspetto gioioso mentre nell'animo provava sofferenza. Aveva cercato di spiegarlo a Maria, ma non c'erano parole per esprimere quel disagio invisibile che covava in sé l'allegra ragazza in pantaloncini corti. Gina provava una scontentezza di vivere, nonostante l'allegria dell'apparenza. La guerra era finita, si allontanavano i disagi delle tessere annonarie, gli sfollati ripensavano a tornare alle loro case e a ricostruirle, i tanti che l'avevano perduta nei bombardamenti.

Anche la famiglia di Gina decise di tornare in città. Il padre suonò alcuni pezzi tra quelli che più amava, la gente del paese scoprì per la prima volta di aver avuto un artista da ascoltare, e di averlo ignorato. Gina cantò delle canzoni francesi, la madre si mise a parlare in italiano con quel suo tono grave, sorridendo per la soddisfazione di vedere apprezzata la sua famiglia. La gente ringraziava il Signore per aver risparmiato il paese di essere stato distrutto dai tedeschi e si recava al santuario a piedi per sciogliere un voto: succedeva così che si trovassero a pregare davanti all'immagine della Doris in lineamenti di madonna, e questo non fece che accrescere il rispetto per la sua famiglia. Gina conservava la sua scanzonata aria di ragazza senza pensieri. Nelle passeggiate in campagna diventava silenziosa, le si muoveva nella mente una inconfessata volontà di rivelarsi, ma di che cosa non sapeva. La confidenza che aveva con me si dileguava in un silenzio che non trovava parole per esprimersi. Passavano così dei momenti in cui si era estranee l'una all'altra; poi era come se lei si ridestasse da un sonno che la lasciava di nuovo presente; quel momento non c'era stato, e si riprendeva a parlare, a scherzare, a ridere.

Si tornò in città, ognuno alle proprie incombenze. Passarono gli anni e non ci si vide più. E poi per caso, ci si incontrò, io stavo finendo il liceo, Gina lavorava in un brutto istituto che si chiamava "Scuola Radio Elettra": doveva mandare a chi vi si iscriveva le pubblicazioni da studiare per essere ammessi a un certificato che gli permetteva di insegnare quelle materie tecniche. Niente di più lontano dalla personalità di Gina, che aveva accettato quel lavoro perché doveva aiutare la famiglia.

Ero andata a trovarla in quella specie di ufficio che gestiva tutta sola, in mezzo a moduli e fascicoli, mentre squillava il telefono per le richieste degli iscritti, sempre le stesse domande, le risposte uguali, cortesi ma spente di Gina che si costringeva a quel lavoro, in un casermone della periferia torinese. Il viso di pesca sparito sotto una patina grigia, la voce scanzonata costretta alle risposte burocratiche, la Gina che conoscevo riemergeva nello sguardo intenso e nel dialogare con me riprendendo sé stessa. Scomparsi i disegni dei campi, i fogli sparsi qua e là riportavano dei segni misteriosi, dei tagli netti che ripercuotevano la carta senza offrire alcuna spiegazione, sia pure non figurativa. "E la pittura?" azzardai. Fece un gesto vago, che non riuscii ad interpretare. Voleva dire che non c'era più? No, voleva dire che aveva un altro significato; quale, non riuscii a capirlo, e non lo chiesi perché il gesto induceva ad arrestare la curiosità.

Me ne andai, scontenta di non essere entrata a capire il suo modo di essere, chiuso in s stesso, che respingeva la confidenza.

Ci sentimmo più volte, da allora. Non avendo davanti la mia presenza, riusciva con più libertà a confidare i suoi pensieri, staccandosi dall'ambiente repulsivo dell'ufficio. Passarono alcuni anni. Gina continuava a vivere con tristezza, raccontando di sé. Aveva però introdotto una speranza nel parlare del futuro ed era di andare a Parigi. Lo aveva già pensato quando era a San Giorgio, ma come a un luogo mitico, che la guerra e la povertà consentivano soltanto di sognare. Se la ricordava bambina, come un'immagine sognata. Ma che cosa avrebbe potuto fare, lei, in quella città dove era necessario essere qualcuno per esistere. Ora quel desiderio era diventato un'aspirazione possibile. Perché no? Con i pochi risparmi della Scuola Radio Elettra poteva sopravvivere, poi qualcosa sarebbe stato. Intanto passava il tempo e Gina non riusciva a decidersi; l'avevo recuperata alle conoscenze, i miei amici di università erano affascinati da quella ragazza che non parlava di sé conservando della sua vita interiore un mistero da cui erano attratti, qualcuno anche innamorato. Gina respingeva con fermezza quelle manifestazioni di evidente simpatia, pur mantenendo un rapporto di cordialità. Qualcosa le impediva di superare la riservatezza del suo carattere. Soltanto con me si liberava dal silenzio discreto e tornava a raccontarmi del progetto di Parigi, che le appariva reale.

Eravamo a Natale e lei mi aveva invitato nel suo ufficio insieme agli amici che avevo voluto coinvolgere. Ero rimasta perplessa perché il luogo non era adatto a una festa, ma radunare degli amici era pur sempre possibile, anche perché sarebbe stata un'occasione, per certi ragazzi, di avere un posto in cui poterli invitare senza richiedere dei permessi dai familiari. Uno di essi era un giovane studente di legge, ma sembrava già un professore dall'aria attenta che emanava il suo volto; vestiva di nero, portava un cappello a falde, di quelli che usano i personaggi adulti e seri, si chiamava Pierangelo e aveva una vera passione per Gina. Ma lei mostrava di non accorgersene, anzi con lui aveva dei modi più severi, con gli altri scherzava, intuiva che con quel ragazzo non c'era da prenderlo sul serio, sarebbe stato come giocare col fuoco. A Natale quindi avevamo deciso di andare da Gina. L'ufficio da triste e squallido si era trasformato in un luogo luminoso, panneggi qua e là dai colori sgargianti, una delizia. Gina rideva del mio stupore, sembrava aver mutato l'atteggiamento triste che la prendeva, pensavo che qualche cosa fosse successo. Accolse gli ospiti con allegria, come da tempo non si comportava, accettò di ballare. Pierangelo era felice, gli sembrava che Gina finalmente accettasse di prenderlo in considerazione. Mentre ballavano, lei lo guardò ferma negli occhi e con tono che non accettava repliche disse: "Vado a Parigi". Sentirono tutti e si fermarono nel ballo, ma lei proseguì a parlare sorridendo, come se avesse detto una cosa qualunque, e tutti ripresero quella danza natalizia, forse l'ultima in cui ci saremmo incontrati. Gina partì davvero. Lasciò la Scuola Radio Elettra come l'aveva trovata, privandola dei panneggi natalizi perché le restasse negli occhi l'immagine del suo squallore.

Non mi disse dove sarebbe andata, né me lo scrisse. Sembrava avesse voluto dare un taglio al suo passato, rinnovandosi del tutto. Come, non sapevo. Passarono parecchi anni. La cercai, all'inizio, pensando di trovarne una traccia. Il telefono della Scuola Radio Elettra rispondeva monotona con le solite frasi, che la voce di Gina ripeteva come un invito frustrante. Non chiamai più. Su di una rivista trovai una sua fotografia. I pugni serrati in uno sforzo di volontà. Lo sguardo fisso, lontano. Accanto a quella fotografia, dove chiaramente appariva lei, con il suo carattere, ma presa da una determinazione tenace, avulsa dalla scanzonatura che le invadeva il volto, c'erano altre foto. Erano dettagli del corpo di lei. Vetri rotti, ampolle spezzate. E accanto ad esse, le sue braccia percorse da tagli, in cui si vedeva il sangue. E altre immagini, ancora, che indicavano tagli creati dalle ampolline. Era la body art che imperava negli anni sessanta-settanta, quando Gina era partita, e che adesso, negli anni Novanta era tornata con più vigore e consenso.

Dall'articolo che accompagnava le immagini, si parlava di Gina Pane come di una delle figure di rilievo della body art, che aveva un suo seguito e che insegnava in un'accademia. Nella pagina era segnalata una mostra che si sarebbe tenuta di lì a poco a Parigi. Cercai il telefono della Galleria, spiegai che volevo rintracciare quell'amica da tempo lontana: mi diedero un suo telefono. Ci parlammo come se non fossero passati tanti anni; mi disse poco di lei, ma sentii nella sua voce una nota di allegria, era contenta di quello che faceva, mi avrebbe raccontato. Pochi giorni dopo eravamo a Parigi. Gina abitava in faccia al Beaubourg, aveva una sala dove erano esposte le sue opere, ed era una meraviglia che potesse vederle da casa sua, come una prosecuzione di lei stessa. Gina non c'era, me lo disse il portiere, era a fare lezione all'accademia, ma sarebbe tornata poco dopo. La vidi accapigliarsi in mezzo a un gruppo di ragazzi, per terra, in una lotta che non preoccupava nessuno. Non so se fosse un gioco, o un momento che faceva parte della lezione. Si rialzò di scatto, "Allez allez" ripeteva ai ragazzi, e intanto si avvicinava a noi, incredula di vedermi. Vide anche Francisco. "Mes chers amis" gridò e si gettò fra le mie braccia. Le lettere scambiate e le telefonate di quei pochi giorni avevano ristabilito un'intimità fatta di sottintesi e di cose non dette. Camminavamo con fretta, impazienti di arrivare a casa, luogo protetto per le confidenze. Era soprattutto uno studio; riportava molte fotografie di Gina intenta al lavoro, un impegno di cui non vedevamo il risultato, ma la forza con cui lo svolgeva era tutta nello sguardo. Sulle pareti c'erano delle composizioni in rame, e in esse più volte appariva la croce. Non avevamo mai parlato di religione con Gina, ma il richiamo alla croce appariva evidente; non feci domande, si doveva capire dal contesto il significato di quelle immagini geometriche di cui alcune segnate dalla croce. Vedendo quelle opere il cui senso rimaneva chiuso in lei, capivo che Gina aveva voluto esprimere il suo difficile io interiore, che era rimasto privo di parole da quando a San Giorgio me ne aveva parlato, come di cosa che la faceva soffrire e di cui doveva trovare un modo per farlo uscir fuori e dargli voce. La prima espressione di quella sofferenza inespressa doveva essere stato senz'altro il suo incontro con il corpo, il suo farlo patire facendone emergere i segni delle ferite, i tagli con la lametta, i dolorosi colpi inferti con il vetro spezzato. Qualcosa mi disse, di questo suo soffrire liberandosi, ma era il momento successivo di cui si parlò quella sera, e non più nel dialogo confidenziale con me, a rivelarmi una nuova capacità di Gina nel manifestare i suoi sentimenti interiori facendoli diventare opere da apprezzare liberamente al di là del rapporto con il corpo di cui servirsi, la cui mancanza impediva di rivelarsi. Pochi commenti su quelle tavole di rame, ognuna differente, alcune segnate dalla croce, altre da segmenti di croce. "Sant'Agostino" mormorò appena Gina.

Non poteva spiegare l'origine dell'ispirazione, l'opera doveva parlare da sé. Non si poteva andare oltre, la serata continuò con i temi della propria vita, lei aveva superato l'arte del corpo, il suo modo di comunicare era diventato più ampio e universale, staccato da lei, creazione autonoma. A un certo punto della serata era arrivata Elizabeth che non aveva potuto rinunciare a un impegno fuori Parigi. Capii subito che un forte legame teneva le due donne, una sorta di adorazione da parte di Elizabeth nei confronti di Gina, come se intendesse proteggerla da qualche elemento negativo che intendeva nascondere agli altri. Il carattere forte di Gina si era addolcito di fronte ad Elizabeth, accettandone la protezione. Non so da quando si conoscessero e come si fosse creato quel rapporto. Gina aveva trovato il modo di presentare Elizabeth come la sua rappresentante per le mostre e ogni genere di manifestazione. E aveva concluso di fronte a lei, silenziosa, sorridente: "Elle est vraiement un ange". Ce ne andammo promettendoci reciprocamente di vederci presto. Il giorno dopo volli ritornare alla sala del Beaubourg. Le opere di Gina erano immobili sulle pareti, a testimoniare una parte della sua vita, già conclusa nella sofferenza della dimostrazione di un corpo partecipato.

La sofferenza emanava dalle opere esposte. Si metteva in mostra una società pervasa dal dolore, c'erano dei richiami al Vietnam, ed altri riferimenti più generici. Un grande panneggio ricoperto di innumerevoli fotografie campeggiava nella sala, "dono" della Galleria Brachot al Beaubourg. Vi si vedeva Gina in più immagini sospesa fra le sbarre: avevo letto tempo prima di una "escalation anestetizzata", i cui chiodi nelle sbarre perforavano i piedi e le mani dell'artista, fino a che non avesse lasciato quella situazione.

E un'altra opera era esposta, a testimone di azioni antiche degli anni Settanta, dove comunque permaneva, anche in tempi più attuali, l'elemento del dolore che colpiva personalmente ogni essere umano che vi si immedesimasse. Dalle foto esposte si vedeva Gina in varie fasi: "L'Action Nourriture/Actualité télévisées/Feu" la mostrava al pubblico nelle varie fasi dell'azione: l'artista ingoiava della carne tritata cruda, a significare un corpo di animale morto; poi mostrava un televisore a indicare l'attualità di una società dissestata; infine testimoniava del dolore fisico bruciando nel fuoco i piedi e trasmettendo agli spettatori quella stessa sensazione dolorosa, per poi spegnere, con i piedi quelle fiamme e chiudere così la dimostrazione che non si limitava a una visione, ma tentava una dimensione partecipata. Come elemento di riferimento del tempo in cui era stata realizzata quell'azione – 1971 -, restava all'entrata un avviso, insieme a una specie di scatola, dove si chiedeva a chi fosse stato presente di versare almeno due decimi del proprio stipendio mensile. "Ne deriva una forma di follia attenuata del corpo sociale: la nevrosi e le sue idiosincrasie lanciando verso il pubblico una sorta di processo di liberazione soprattutto inconsapevole": questa la sintesi del significato dell'azione.

Un'altra fase era iniziata, a decenni di distanza, e quelle opere in rame scandite dalla croce, pronte

per andare a una mostra, ne erano testimonianza.
Non era più una dimostrazione su di sé, una
partecipazione inevitabile del proprio corpo, conclusa con il corpo stesso. Era un'opera scaturita
da sé e destinata a durare nel tempo.
Girando nella sala dedicata a Gina, mi colpirono
delle immagini colorate. Non più tormentata dai
tagli o in atto di dimostrare la follia della società,
l'artista appariva serena, quasi sorridente, su di un
campo di terra smossa: da essa attingeva manciate
che lasciava scorrere a terra, il titolo dell'opera era
"terre artiste ciel". Dalla tormentata ispirazione
pareva emergere un respiro di sollievo, almeno io
così interpretai quell'immagine: forse nel mio
modo di immergermi in un'immagine ne davo
una versione diversa da quella dell'artista, o degli
intenditori d'arte moderna.

Appena a Roma sentii il bisogno di parlare con
lei. Ma un dialogo diretto non me la sentivo di
tenerlo, aver capito rischiava di diventare
presunzione.
Parlare per lettera era un silenzio ed era la parola
liberata.
Così, senza alcun ritegno nel manifestare quello
che provavo, le scrissi pochi giorni dopo il nostro
incontro.

12.6.89

Cara Gina,
mi sembra che il tempo non sia passato,
ripensando a te nel nostro incontro di Parigi. Ci

sono, sì, delle differenze da ieri, ma il tuo sguardo di fuoco intenso è lo stesso di San Giorgio, il tuo colorito di pesca sulle guance, quello che avevi quando correvi sul prato fuori dalla cascina, e la voce un po' roca, soave e ironica assieme, quella che mi arrivava dal balcone sulla via Carlo Alberto quando uscivo dal vicolo Miglio, quasi in faccia a casa tua. Tutto questo è perché tu sei tu, anche se passano gli anni, sei coerente con la tua evoluzione, anche nel fisico. Del resto, certe cose continui a portartele dentro; non solo ne ho letto, che tu stessa ne fai riferimento – "le pietre dell'Orco" – ma si vedono, a chi sa leggere, nelle tue opere.

Quella grande sala delle opere tue, al Beaubourg, è un segno che è il suo peso nel contesto delle cose che ci toccano sulla terra. Ti distanzia già, ti colloca in un universo espressivo: non per orgoglio di sé, ma per il contributo umano, per la comunicazione che sei stata capace di rendere, e che è un fatto di amore.

Anche quando ti ferisci, quando cerchi stigmate sul tuo corpo, è amore. Lo hai fatto direttamente su di te, quando quell'espressione urgeva al punto da farsi carne tua. Poi hai mediato, sei riuscita a dialogare, hai parlato degli altri, con gli altri e agli altri. Hai guardato i santi: anche loro hanno stigmate, e parlano con il sangue. Tu però provocavi su di te quei segni perché erano già dentro di te, ma invisibili agli altri, e soltanto con la tua volontà di mostrare apertamente le ferite interne, facendole diventare visibili, hai mostrato le stigmate. Era però, quella una volontà di comunicare attraverso l'amore. Poi i santi, i martiri, quelli che adesso, senza bisogno del sangue visibile, ti tornano a dire quelle stesse cose. Una differenza c'è, ed è che tu impegni la tua volontà, in maniera laica; loro ricevevano queste cose da Dio;

La lettera era poi tagliata; scritta a mano, una frase di Gina:

Lettre de Maricla Boggio, dramaturge, amie d'enfance de l'artiste.

La lettera era destinata ad aprire un libro che avrebbe contenuto molte immagini delle opere di Gina Pane; l'Editore aveva accettato
la proposta.

Ci eravamo sentite per telefono. Ero stupita e contenta della scelta di Gina per il suo libro. Scrivendo mi si era chiarito il significato della sua arte del corpo e del suo superamento nelle opere autonome dalla sua fisicità.
Non osavo tornare sul significato delle sue opere, era già tanto quello che mi ero spinta a dire con l'impeto di un'intuizione che non pensavo lei avrebbe accettato così in pieno. Ma avrei sbagliato se avessi voluto insistere, precisare. Sarebbe stato più giusto il silenzio.
Il mio pensiero era a lei, al suo lavoro inteso a veder emergere le sue opere in una dimensione di religiosità laica. E così lei si sostituì a me, mi scrisse e prese il mio posto nella riflessione sulle

opere. Era in montagna, a Les Houches, e per scrivere la sua lettera, come un pensiero a lungo meditato, impiegò il tempo dall'8.88 al 20.8.89.

Cara Maricla,

noi non siamo molto lontano l'una dall'altra. Una frontiera duplice in mezzo a dei ghiacciai all'uscita da un tunnel ed ecco Courmayeur.
Con Elizabeth noi ci troviamo alle Houces ad alcuni chilometri da Chamonix. Qui, io trovo una certa spoliazione e lo spirito di superamento di sé. Il verde dei pini che nascono ai piedi dei monti per andare a confondersi nelle nevi tutto in alto è vivificante, io posso pensare e lavorare senza alcuna pena. Sono stata molto commossa alla lettura della tua lettera del 12.6.89. Tu hai fatto il mio ritratto come un pittore, d'altra parte io sento in tutte le tue opere la potenza dell'immagine.
Se tu sei d'accordo, mi piacerebbe molto pubblicarla in un prossimo libro (come una lettera di un'amica d'infanzia), noi ne parleremo...
Leggere le tue opere era una vera scoperta che mi ha profondamente scosso. Sono delle opere impegnate e generose come una ferita. L'Icona come una luce è sempre presente in una società dura e dolorosa... C'è un filo tra le nostre opere... Mi piacerebbe molto assistere a un montaggio d'una delle tue pièces – "Schegge" per esempio, forse un giorno sarà rappresentata a Parigi...
Il nostro incontro all'atelier era un buon momento; anch'io, non ti avevo trovato differente dal ricordo che avevo di te, della nostra infanzia

a San Giorgio: il tuo volto illuminato da una risata che non si spegne mai, la stessa luce che io ritrovo nelle tue opere.

Noi abbiamo molte cose da dirci e ancora da scoprire l'una dell'altra.

Nella speranza di rivederti presto, ti abbraccio con affetto con Elizabeth che ti augura ancora molti successi.

Gina

P.S. Entro una decina di giorni rientro a Parigi per il mio trattamento e per fare qualche esame. Io mi sento in una buona forma, ma per mantenerla devo avere delle regole di vita molto strette. In seguito devo trovarmi a Barcellona per visitare uno spazio dove devo esporre nel maggio del 90 e da là mi spingerei forse fino a Ibiza, tutto dipenderà dalla mia forma. In questo momento evito di viaggiare con lo scopo di fortificarmi.

Ti ringrazio molto delle tue parole molto calorose che mi fanno del bene al cuore.

La lettera di Gina aveva un duplice significato. Ispirava salute e allegria nel descrive il suo stato d'animo alla vista della neve e dei pini, ma al tempo stesso rivelava una fragilità vigilata per non fiaccarla da una vita normale. E il timore di perderla se non avesse rispettato delle regole. Forse fu questa duplice situazione a impedirmi di risponderle. Ricordai che Elizabeth mi aveva detto che stava preparando per Gina un cibo molto leggero, perché a quell'ora doveva mangiare qualche cosa e lei le faceva rispettare i tempi e le cose da prendere; senza parlarne le avevo visto darle delle medicine, che lei con serena obbedienza accettava grata dall'amica diventata medico e madre. Ma io ignoravo tutto il resto, le sedute per sfatare il male, le corse per rispettare le lezioni ai suoi allievi di accademia, dove ridiventava allegra e padrona di sé.

Così passarono dei mesi. Ero impedita dallo scrivere, avrei dovuto chiedere notizie, non volevo conoscerle. Poco prima di Natale mi mandarono firmati da entrambe, gli auguri per le Feste: erano andate ancora là, quel paesaggio, quell'aria, quella vista facevano bene a Gina, che sentiva meno il disagio della malattia, e si illudeva di allontanarla da sé.

Stavo per scriverle, spinta dall'ultima cartolina natalizia, quando mi arrivò una vera lettera da lei.

Paris, il 2 febbraio 1990

Cara Maricla,

la tua lettera sonora e luminosa mi ha portato dell'energia.
Per quello che riguarda il tuo testo, è con molta gioia che vorrei che tu lo scrivessi e penso di poterlo pubblicare in una prossima pubblicazione: in effetti, con Elizabeth, noi prepariamo tutta la documentazione necessaria per la Galleria Brachot che vuole editare un libro concernente tutta la mia opera. Noi abbiamo dunque del

tempo davanti e possiamo dunque discutere su molti punti. Per contro per il libro che è già in stampa, l'editore ha accettato con entusiasmo l'estratto della tua lettera del dodici giugno 1989: d'altra parte io avevo il tuo consenso, ah! ah! ah! Anch'io la amo molto perché è vera, spontanea, con un senso profondo e una grande sensazione di giustizia che colpisce tutti quelli e quelle che l'hanno letta. (ti unisco una fotocopia).

Intorno a questo estratto ho fatto pubblicare delle opere che ho realizzato in Italia come "le pietre dell'orco"; penso che tu non ne vada ad essere scontenta. È importante In questa situazione di avermi con me.

Io vedo con piacere che lavori molto e ho molto amato Olimpia Teresa Carlotta, commovente, ricco e che sviluppa la riflessione su parecchi livelli.

Quando torni a Parigi?

Elizabeth ed io conserviamo un bel ricordo della serata in cui abbiamo fatto la conoscenza di Francisco, un ragazzo gentile e profondo e noi siamo felici per te.

Per quanto riguarda la mia salute, io devo, la prossima settimana, subire un intervento chirurgico. Come vedi, devo ancora superare un bel po' di prove! Ultimamente il morale mi mancava dovuto anche a un rifiuto generale del mio corpo a tutte queste sostanze chimiche. Io mi dico coraggio, coraggio, ma trovo tutto questo molto lungo. Alla fine come Job devo andare fino alla conclusione. Ho molta fortuna di avere Elizabeth che è un angelo. Noi ti abbracciamo forte. Gina

Purtroppo la lettera che ho ricevuto poco tempo dopo era di Doris, che non sentivo da tempo. Mi diceva della morte improvvisa di Gina, dopo quell'intervento chirurgico che deve essere stato fatale nell'equilibrio già provato del suo corpo. Quell'operazione annunciata doveva essere avvenuta poco più di una settimana dopo la lettera di Gina, che sollecitava una mia risposta; la morte era avvenuta il 5 marzo. Dopo questa notizia mi scrisse Elizabeth; era così distrutta dal dolore che non le chiesi niente, soltanto delle mostre in previsione, di cui tanto aveva parlato Gina nell'organizzarle, già prevedendo l'anno successivo, e luoghi lontani come New York. Tutto ormai era nelle mani sagge ma aliene di Elizabeth, del suo amore e della sua dedizione, che non poteva però sostituire la creatività di Gina.

STORIA
di una madre che non esiste

Parlare di mia madre non è facile, e non vorrei parlare per giustificarla, proprio perché è mia madre.

Poco dopo la nascita è stata abbandonata a dei contadini.

Questi l'hanno tenuta così come una bestiolina, e l'hanno cresciuta insieme ai loro figli. Quando si è fatta grande si è innamorata di un ragazzo: questo l'ha messa incinta e subito lui ha deciso di fare il suo dovere, la voleva sposare. Ma non si trovava nessuna carta per il matrimonio, lei non esisteva proprio. "Non importa – diceva questo ragazzo -, tanto stai in casa con me, è come se fossimo sposati".

E lei se ne andava in giro tranquilla, perché tutti la consideravano la moglie. Purtroppo in paese non c'era lavoro, lui è andato in città: si è innamorato della vedova che l'aveva accolto in casa con la promessa di lasciargli molti soldi, è stato costretto a sposarla e per un po' di tempo mia madre non l'ha visto più. Ma aspettava che tornasse lui, era sicura che solo forzato avesse accettato di sposare quella ricca, che continuava ad amare solo lei.

Ma lui non si vedeva, e lei doveva andare a lavorare; anche solo per restare alla cascina, qualche soldo doveva portare. Così va a lavorare da una signora: ma quella non voleva la bambina per casa, e lei la porta al brefotrofio, tutti glielo consigliano, almeno sua figlia sarà ben guardata.

Lei si fa convincere, pensa di andare a riprendersi la figlia quando avrà un po' sistemato la sua vita: E torna al brefotrofio, sicura di trovarci la figlia. Ma la bambina l'hanno data via, lei l'ha lasciata – dice la legge - e non la può riprendere. Saprà poi che l'hanno data a una balia a Frosinone, ma non può far niente, la figlia rimarrà con la balia fino a che a diciott'anni non si sposa.

Dopo un po' torna a casa il padre, mia madre non chiede nessuna spiegazione, le basta che rimanga con loro; nasce una bambina che per poco tempo rimane da sola, ne nasce un'altra e poi un'altra ancora.

E intanto non ci sono soldi e per tutti manca un minimo per vivere.

Riparte il padre a cercare un lavoro, passa il tempo e non lo vedono tornare. Mia madre è presa dalla disperazione, quello che più le pesa nel cuore è di aver perduto la prima delle figlie, di non sapere più niente di lei. Diventano grandi, le bambine, chi si sposa, chi rimane con la madre. Io mi sposo, faccio un figlio, mi divido, torno a casa dalla mamma ormai sola. Ma quante volte ci si rivede tutte assieme, a parlare delle nostre vicende. Qualcuna di noi aveva scritto sulla carta d'identità "figlia di madre e padre ignoti", oppure "figlia di padre C. e di madre ignota", a seconda che mio padre fosse stato a casa oppure ancora lontano. Ma tutto partiva dal fatto che mia madre non esisteva per lo Stato, e si doveva rimediare a questa manchevolezza inaccettabile. Si riesce finalmente nel più semplice dei modi. In un certificato di mia madre c'è scritto che nel 1951 si sono presentati due testimoni a dichiarare la nascita di una bambina nata nel 1912 il cui nome è così e così. E siamo state noi figlie a testimoniare che esisteva questa persona, che era nostra madre!

Sistemata con questa testimonianza l'esistenza della mamma, lei era presa dall'ossessione della figlia che aveva abbandonato.

Ci metteva tutte intorno a lei, e cominciava a raccontare quella storia, che la portava ogni volta al pianto, alla disperazione, come se fosse stata una vicenda del presente, qualcosa in cui cambiare la conclusione e cancellare il passato. E ripeteva, come una favola, la storia dell'abbandono, del suo ritornare per riprenderla, quella bambina lasciata per fiducia nel poterla riavere, per ignoranza avendo firmato, con una croce, il foglio su cui non sapeva che stava scritto che lei a quella figlia rinunciava.

Anch'io sentivo l'impotenza di poter fare qualcosa per trovarla, quella sorella che proprio perché perduta pareva che più valesse il nostro affetto. Avevamo fatto delle ricerche se mai fosse ancora a Frosinone, se la balia stava ancora laggiù, ma non c'era più quella donna, e nemmeno sapevamo come si chiamasse e lei di noi non sapeva, era una ricerca inutile e disperata. Così la mamma si era rassegnata; si consolava soltanto raccontando la storia della figlia perduta, e sembrava che quella soltanto avesse a cuore, così come ognuna di noi si sentiva madre e piangeva di quella sorella che viveva nel mondo: magari la incontravamo, stava a un passo da noi, ma come riconoscerla, come dirle "sorella mia, io sono tua sorella".

Ma un giorno il caso si presenta come un destino. C'è un cinema proprio sotto casa, e nell'intervallo dal lavoro io ci vado per vedere un pezzo di film, le maschere mi conoscono tutte e non c'è problema per entrare nella sala. "C'è tua sorella dentro", mi fa la maschera, e mi indica dove. Rimango esterrefatta, perché – dice la maschera - mia sorella è sola, ed è strano, lei di solito al cinema ci va col marito. Comunque intravedo una sagoma che mi ricorda le mie sorelle – ci somigliamo un po' tutte – e appena si fa luce vado a cercarla, e non la trovo più. Esco delusa perché quella somiglianza con me e con le mie sorelle mi aveva smosso qualche speranza, che si trattasse di quella sorella perduta e mai vista. Chiamai le mie sorelle per sapere se per caso erano andate a quel cinema, mi resi perfino ridicola perché loro abitavano tutte in quartieri diversi della città e mai più avrebbero potuto trovarsi in quel cinema e per di più da sole. Dopo quel ragionamento la mia speranza di ritrovare la sorella sconosciuta cresceva, diventava la favola da sempre raccontata dalla mamma che poteva diventare realtà.

Passarono settimane da quel giorno. Qualche volta ero tornata al cinema, sperando di trovarci quella donna che tanto rassomigliava alla sorella perduta, ma non l'avevo mai trovata, né l'aveva più vista la maschera. E un giorno che stavo andando in giro per delle spese, ero ferma a un semaforo in cui era appena scattato il rosso; in faccia a me, dall'altra parte del corso, la gente aspettava paziente, potevo vedere ogni faccia protesa verso me, in attesa del verde. La luce del giorno era splendente e ogni particolare si vedeva illuminato, come ingrandito. Scatta il verde e ci mettiamo a correre, con il senso che stia per accadere qualche cosa. E a metà del percorso ci incontriamo e ci mettiamo a ridere, ci scontriamo mentre io proseguo trascinandola con me. E infine arrivate al marciapiede ci guardiamo in viso, stupefatte, stupite, emozionate per la somiglianza che ci fa sembrare il riflesso l'una dell'altra. E cominciano allora le domande, che io faccio con cautela, ma volendo trovare delle prove alla mia speranza di aver incontrato davvero mia sorella. Lei rispondeva un po' inquieta, incuriosita di tante richieste, dove hai vissuto, chi erano i tuoi genitori, e come ti chiami... "Francesca" risponde lei senza esitare e a me viene da sbiancare, quasi svengo, perché mia madre aveva sempre detto che quella figlia si chiamava così.

Ma era un'altra domanda che avrebbe scacciato ogni dubbio, e l'avevo lasciata per ultima, nella speranza che fosse quella a portarmi la desiderata conferma. Sì, Francesca era il nome tante volte ripetuto, da mia madre, quasi a evocarla, a renderla presente. E adesso, cercando di fare una domanda qualunque, le chiedo: "Mi devi dire il giorno in cui sei nata. Lei subito, senza esitazione, risponde:" Io sono nata il 26 dicembre alla Clinica Savetti". Era proprio quello che mi diceva mia madre, di quella figlia. Lei non parlava di date. "Il giorno di Natale – raccontava – mi hanno preso le doglie, e il giorno dopo è nata Francesca!" La risposta di quella ragazza mi ha dato la certezza che fosse proprio lei la sorella sconosciuta. Ma non potevo dirle subito: "Sei mia sorella, ti porto dalla mamma", eravamo davanti a un semaforo, era la prima volta che ci si parlava, mi sembrava tutto così irreale! Così le accenno appena, che forse potrei dirle qualcosa di sua madre, ma bisogna che vada prima a casa, che parli con lei e poi ci rivediamo e saprò dirle qualcosa di più chiaro. Prendiamo un appuntamento per il giorno dopo, a mezzogiorno – era più o meno l'ora in cui ci siamo incontrate – e ce ne andiamo in fretta in fretta, ognuna con i propri pensieri e un'ansia dentro diversa ma altrettanto invadente. Intanto che camminavo, mi pentivo di aver preso quell'appuntamento per quell'ora il giorno seguente. Nella fretta mi pareva di dover prendere tempo, di raccontare quell'incontro a mia madre, e di farla ragionare, ché già immaginavo l'affanno che le sarebbe venuto ricordando l'angoscia di quando ci raccontava di quella bambina perduta. Arrivo a casa e le dico: "Mamma mettiti seduta perché ti devo dare una notizia. Mi raccomando però non ti devi agitare": - eh sì, avevo un bel dire, ma lei aveva intuito che si trattasse di qualcosa di particolare e smaniava di sapere, che le raccontassi tutta la storia. E quando le ho finito il racconto, le è venuto una specie di collasso, sperava che fosse vero ma al tempo stesso non poteva crederci e voleva invece che fosse tutto vero.

Ha cominciato a fare domande alla rinfusa, diceva di crederci che fosse tutto vero, subito dopo ne dubitava, non era possibile, no, una cosa così straordinaria, doveva essere una fantasia, una cosa che mi ero sognata. E poi, come l'avevo conosciuta, questa ragazza, com'era stato possibile incontrarla e subito aver visto che era lei, mia sorella. Insomma, la mamma non finiva più di fare domande a me e a sé stessa, illudendosi e tormentandosi al tempo stesso.

Era arrivata fin quasi a svenire, immaginando l'incontro di quella bambina ormai grande – "Come sarà? Come farò a capire che è lei?" – e tornava a interrogarsi, a farsi domande e a rispondersi. A un certo punto si calma, tace, chiude gli occhi. "No, domani non verrò a questo incontro - mi dice – Non potrei sopportare che non fosse vero". Finalmente ride, facendosi coraggio: "E neppure sopporterei, lì, in mezzo alla strada, di vederla davvero, la mia figlia ritrovata. Mi metterei a urlare, l'abbraccerei, non so, non posso incontrarla davanti a un semaforo!". Pacificata, dopo aver preso la sua decisione, mi guarda e dice: "Vai tu, io vi aspetto a casa!".

Finalmente arriva il giorno dopo, ma prima che arrivasse mezzogiorno ce ne voleva! e rimpiangevo di aver preso un appuntamento così lontano, e poi senza darsi l'indirizzo, dove stavamo come ci chiamavamo... Alle undici ero già lì tanto non ne potevo più di rivederla questa sorella mia tanto sognata.

E subito dopo arriva lei, era fuori di sé dall'impazienza di rivedermi e di conoscere la mamma, aveva paura come avevo avuto io che sparissi nel nulla, che ci fosse un equivoco, non so, uno scherzo del destino che per un attimo ci aveva illuso e poi si era ritirato e non ci eravamo incontrate più. Quando lei è arrivata sull'autobus, ci siamo subito abbracciate, e non ci siamo dette niente. Lei mi ha detto: "Non dirmi niente, non dirmi niente. Andiamo subito da mamma. Prendiamo un taxi". Per lei ormai quella era la mamma, il fatto che io fossi lì, davanti a lei, all'appuntamento, significava che questa mamma c'era veramente, e bisognava correre a casa, incontrarla finalmente, senza sapere niente di quello che fosse successo, che avesse fatto bene o male, a lasciarla, era la mamma e non vedeva l'ora di abbracciarla. Appena a casa, io vado avanti e mia madre "Oddio, è proprio lei!" grida vedendomi, perché noi siamo uguali, uguali proprio come due gocce d'acqua e lei pensava che io fossi mia sorella. Subito dopo entra Francesca, e mamma piange: "È lei la riconosco", come fa a riconoscerla, che l'ha lasciata appena nata, ma vedendoci insieme ha la certezza che sia proprio quella figlia che ha dovuto abbandonare per la miseria di quei tempi terribili.

Tra pianti e lacrime la famiglia si ricompone. Francesca mi era grata perché era uscita da un incubo, le era sempre rimasta quella croce di non sapere chi fosse sua madre, e giorno dopo giorno era rimasta con quel pensiero. "Ma perché mi ha abbandonata, sarà stata la sua disgrazia a portarla fino al punto di lasciarmi, oppure è stata una sua debolezza, e mi ha lasciato così, senza pensare al male che sarebbe derivato sia a lei che a me".

Sono passati dieci anni dall'incontro e giorni fa eravamo a parlare tutte insieme, anche con le altre sorelle, perché è stata una festa per tutte che avessimo ritrovato la primogenita perduta. E Francesca rivolta a mamma le fa: "Ah mamma, come ti credevi di trovarmi, sposata, con dei figli, o così?"

E mamma abbracciandola le dice: "Come ti credevo di trovarti? Ma a me sembra che sei sempre stata con noi, che non ti ho lasciata mai fin da quando sei nata". Delle volte aveva ancora dei sensi di colpa per averla abbandonata, ma poi si consolava, pensando che sarebbe stata meglio di loro povere con solo pane da mangiare. "Almeno lei sta bene" si consolava. ma quando veniva fuori questo discorso, Francesca ribatteva: "Io potevo mangiare il primo e il secondo, ma avrei preferito mangiare pane e cipolla ed essere al calduccio assieme a mia madre".

E poi c'è stato ancora un grande avvenimento. Mio padre era rimasto vedovo e così ha potuto sposare nostra madre. Lei aveva aspettato quel giorno per tutta la vita, andava fiera al suo braccio ed era come se avesse riscattato tutta una vita sbagliata, e finalmente non doveva angosciarsi più. Da persona inesistente era arrivata ad avere le sue figlie e un marito, ed era felice.

STORIA DI PIERO PIERO
un capo partigiano, quattro episodi

L'infanzia la vive nella periferia di Torino, insieme ai suoi otto fratelli. È il più piccolo, impara presto come scansare le difficoltà della vita.
In strada Bertolla, la casa è un fienile. In zona Abbadia di Stura, una specie di stalla con la campagna intorno. Allevano qualche animale, maiali, galline, conigli. Piero viene mandato a comprare del pane; la lista dei debiti è già lunga, il bambino va dai vicini a chiedere perché hanno fame. La mamma e le sorelle più grandine vengono assunte alla Snia Viscosa. Ci lavora anche il padre, ma si rifiuta di prendere la tessera del fascio e viene licenziato. Apre una falegnameria all'angolo di corso Giulio Cesare, a stento mantiene la famiglia. Piero fa la terza elementare, poi riesce a frequentare la quarta e la quinta. Per due anni segue le scuole serali alla Parini, ma è poco attento, non vede la ragione di quegli studi, è alla ricerca di qualcosa che ancora non si definisce in lui. Ha l'età della leva; ci rimarrà poco, ma intanto a ventun anni si sposa perché come soldato gli danno un mese di licenza; avrà una figlia, ma il matrimonio non dura a lungo. Terminata la guerra, i due si separano, quell'esperienza di vita non appartiene al suo modo di vedere il futuro.
Viene chiamato alle armi come alpino, ma riesce a farsi esonerare con delle radiografie false sostituendosi a un amico.
Il ragazzo sfaticato è diventato attivo, è bastato che si rendesse conto delle possibilità di operare,

che il suo comportamento è cambiato. Gli rimangono dell'aspetto svagato di poco tempo prima i capelli lunghi sul collo, l'ammiccamento di quando sta per proporre un'azione.

Il 25 luglio 1943 giorno della caduta del fascismo, Piero è in licenza per inabilità. Vorrebbe contribuire a contrastare ciò che rimane di quella struttura in sfacelo. In barriera di Milano vede un camion di militari, lo cattura senza che questi oppongano resistenza, lo guida fino alle carceri Nuove, raccogliendo per strada amici che non aspettano altro che di agire. Alle Carceri nuove ci sono dei giovani che cercano di sfondare l'entrata: lui collega con un cavo il camion al cancello e lo trascina via. Escono così prigionieri politici e condannati per reati civili. Altra impresa, nell'attesa di veri scontri con il nemico: alcuni dei più giovani prendono delle lenzuola, le tingono di rosso e le fanno sventolare lungo tutta la linea Torino - Milano: la gente interpreta il gesto in senso politico, applaude, si unisce ai giovani che hanno fatto quella specie di bandiera.

Si crea il nucleo di quello che sarà poi il gruppo che fa capo a Piero nella lotta partigiana. Non è più Piero, ma Piero Piero, un nome moltiplicato per distinguersi dai tanti singoli.

Il 9 giugno 1944 a Roma ha luogo l'unificazione di tutte le forze partigiane aderenti al CLN. Giungono nuovi volontari. La brigata di Piero Piero ne conta cinquecento.

I partigiani non hanno nulla da mangiare, devono inventarsi come trovare il cibo. Piero prende in mano la situazione e guida le squadre di approvvigionamento. Molte sono le azioni contro i fascisti, numerosi sono quelli che senza opporre resistenza abbandonano la loro appartenenza. Piero riesce anche in una operazione che non ha a che vedere con lo scontro con i fascisti, ma che ne mette in luce l'umanità. Alla stazione ferroviaria di Settimo, su di un binario morto, c'è un vagone stipato di civili destinati ai campi di concentramento. Piero fa arrendere i sorveglianti, li convince a lasciare liberi gli uomini del vagone, e quelli scompaiono velocemente. Questa azione per lui vale ben più che una battaglia.

Le zone dove operano gli uomini della sua brigata sono la Valchiusella, la Valle Sacra, la Val Soana. I vari distaccamenti si ingrandiscono e diventano vere brigate, ognuna con più di centocinquanta uomini. Arriveranno ad essere duemila.

Non si possono contare le azioni condotte da Piero Piero con coraggio superiore alle possibilità di riuscita. Eppure anche quando pare che tutto sia perduto, lui riesce a vincere sul nemico e cresce la sua popolarità.

Decide di raggiungere la montagna, con il suo ormai ingente gruppo di partigiani. Piero è il capo di quell'ancora piccolo gruppo di giovani insofferenti del fascismo che vogliono opporsi ai repubblichini.

Altre azioni si susseguono nei giorni successivi. Il maresciallo Badoglio annuncia che è stato firmato l'armistizio con gli anglo-americani. E intanto Torino potrebbe essere difesa, come vorrebbero i rappresentanti del CLN – Comitato di Liberazione Nazionale -, ma il comandante respinge l'offerta e consegna la città ai tedeschi. Il feldmaresciallo Albert Kesserling dichiara l'Italia territorio di guerra e come tale sottoposto alle leggi tedesche.

È tempo ormai di agire per le azioni armate, per la lotta partigiana contro i tedeschi rimasti sul territorio.

Uno dei tanti episodi che vedono protagonista un paese è San Giorgio nel Canavese: Piero Piero si trova nella necessità di mediare un'azione partigiana rispetto a una vendetta del nemico.

Appostato davanti all'albergo del Moro, con un bazooka pronto per sparare, Piero pare divertirsi a giocare con quello strumento. I suoi sanno che Piero, che è un genio della strategia militare, non lo è per niente quando si tratta di sparare. Sul fondo della strada, dopo il ponte, sta avanzando un camion carico di tedeschi. Cantano senza avere la minima idea di essere spiati, stanno per entrare in un paese e si sentono tranquilli. Piero intanto decide di farli prigionieri per poter scambiare dei suoi uomini in carcere. Si dispone a sparare. Quelli che stanno lì con lui cercano di dissuaderlo, se vuole soltanto intimidirli è meglio che non spari lui, li centrerà in pieno e avverrà una carneficina. Piero invece è convinto di spaventarli soltanto, li prenderà come ostaggi. Gli uomini del camion intanto si sono avvicinati, ma hanno visto il bazooka soltanto quando sono ormai a tiro. Piero spara e prende in pieno il camion facendo sette morti.

Gli altri vengono catturati dai suoi uomini, uno solo riesce a fuggire.

"Meglio così – commenta un partigiano – almeno i suoi lo sanno subito".

Piero non è scontento dell'azione. Ci sono i morti, e ormai nessuno più ha voglia di uccidere, ma ci sono gli ostaggi tedeschi che lui ha intenzione di scambiare con i suoi uomini chiusi nelle carceri torinesi. Comincia così una strategia che fa parte del suo modo di condurre le azioni contro gli avversari, e non è diretta a trattare, ma si avvale di modalità che lasciano il nemico interdetto, incapace di fronteggiarlo. Con alcuni suoi fedelissimi va in montagna, non dice dove, i posti in cui si nascondono all'occorrenza sono tanti. I morti sono seppelliti nel cimitero di un paese vicino, gli ostaggi guardati a vista. Ma arrivano gli ufficiali, pretendono di instaurare un'immediata risoluzione, altrimenti faranno fucilare altrettanti uomini quanti soldati sono stati uccisi moltiplicati per cinque, questa è la regola della legge di guerra tedesca. In paese non ci sono più autorità civili, la caduta del fascismo ha trascinato via le cariche ufficiali. C'è solo il parroco a investire una certa autorevolezza, e con lui il suo "vice" che lo trasporta in motocicletta dove si devono recare d'urgenza. Sono gli unici a sapere dove si trova Piero, ma non riescono a convincerlo di tornare e di dare il via alle trattative. I capelli neri e lunghi, lo sguardo intenso, un continuo movimento rendono Piero una creatura che è ubbidita da tutti: ha poco più di vent'anni, una capacità di prevedere gli sviluppi di una situazione dall'apparenza rischiosa o in perdita, mentre tutto si rivolterà a suo vantaggio. A intervenire è la Baronessa, che conosce alla perfezione il tedesco, e chiede all'ufficiale di andare da lei. In villa si scontrano i cani dell'ufficiale con quelli della Baronessa, ecco un motivo per creare una situazione di dialogo. Cominciano a parlare dell'Italia, di Goethe, dei monumenti delle città, finché il discorso scivola sul tema che sta a cuore a tutti. Senza perdere il suo stile la Baronessa parla della condizione del paese, della mancanza di colpa nell'azione dei partigiani, l'ufficiale promette che parlerà con il suo superiore, sperando di ottenerne un cedimento. Intanto in parrocchia il parroco e il suo vice hanno radunato un banchetto con l'intervento di quanti del paese hanno offerto ai tedeschi le cose più prelibate per ammansirli. Ma il capo vuole incontrare Piero Piero, e Piero continua a non farsi trovare. Non è un capriccio il suo. È una strategia prima che una tattica. Piero vuole stancare il nemico nelle sue richiese: ai tedeschi sta a cuore non solo la consegna dei corpi degli uccisi, ma anche gli ostaggi e soprattutto la restituzione delle armi che gli uomini di Piero hanno requisito dal camion: ne scarseggiano, senza non possono continuare la guerriglia. In questo clima di confusione successivo all'otto settembre i tedeschi sono diventati dei nemici e i partigiani li combattono cercando il più possibile di respingerli fuori dall'Italia.

Ai corpi armati di Piero intanto si uniscono altri partigiani, finora incerti se nascondersi e attendere che si chiarisca la situazione, e i tanti che, sciolto l'esercito, rifiutano la repubblica di Salò e si fanno partigiani, con la loro preparazione di soldati e le idee chiare contrarie al fascismo. Nella piccola circoscrizione di San Giorgio intanto si resta sospesi nell'incertezza di una vendetta del nemico o della sua cedevolezza, più conveniente in quel momento storico.

Il parroco e il vice fanno la spola fra la montagna e il paese, seguendo senza capire la tecnica di Piero. Accolgono in parrocchia gli ufficiali; anche la Baronessa e il marito e la cognata, famosa giornalista, intervengono parlando in tedesco, magnificando le qualità dei cibi piemontesi e delle bellezze italiche, apprezzate dagli ufficiali ormai stanchi di guerre. Piero ascolta le notizie che gli porta il vice, capisce che è ormai tempo di passare alla tattica. Dirà che cosa chiede ai tedeschi in cambio di quello che offre lui: subito i corpi dei soldati uccisi nell'imboscata; poi assolutamente lo scambio dei prigionieri, i tedeschi ostaggi contro i partigiani rinchiusi nelle carceri: sono quelli più vicini a Piero, che si fida di loro come di sé stesso; se saranno torturati non parleranno, ma lui soffre come se fosse nella sua carne, e la consegna dei due prigionieri non si discute. Ormai ha deciso, si presenterà: il vice gli ha detto dello strazio delle famiglie, con gli ostaggi sul camion, in attesa delle decisioni dei capi; gli ha detto dell'intervento della Baronessa, e di quel ritorno di antiche amicizie prima della guerra, fra le culture dei popoli ora in contrasto. Ma fra intellettuali la differenza si cancella e la lotta partigiana si inserisce nella richiesta di pace. Medita, Piero, sulla sua condizione di combattente alla macchia. Si sente sporco, stanco, spettinato. Andrà all'appuntamento, ma come lo esige un comandante partigiano. Sono le due di notte quando la staffetta annuncia alla parrocchia di San Giorgio che Piero Piero ha deciso di incontrarli. È un risveglio per tutti, un respiro di sollievo, un alzar di bicchieri nel brindare al profumato vino di Caluso. Intanto Piero scende dalla montagna per le scorciatoie oscure fra i precipizi, seguito dai suoi fedelissimi. Sotto li aspetta la macchina scalcinata del capo. Si presenterà dopo essersi fatto la barba ed i capelli. Sono andati avanti sulla moto due del gruppo, a svegliare il barbiere del paese, noto antifascista arrabbiato: verrà suo figlio un giovanetto in gamba, a sistemare Piero. Un bello shampoo ai capelli, via la barba e torna fuori il suo volto di ragazzo, e una camicia pulita che gli porge il suo assistente sempre all'erta.

Arrivano cauti, dentro la parrocchia non si sente nessun rumore, fuori invece è un brusìo confuso, forse un sovrapporsi di preghiere, proviene dal camion con gli ostaggi, in attesa, non convinti finché non arriva Piero Piero. Ma la fiducia in lui li tranquillizza.

Si incontrano il capo dei tedeschi accompagnato dai suoi ufficiali, Piero Piero e i suoi, così diversi, fanno però bella figura, si capisce che sono ormai i vincitori. Patteggiano, con l'aiuto della Baronessa e il suo tedesco che consente il dialogo: sono d'accordo per le salme dei soldati, saranno restituite in ordine perfetto, già se ne sta occupando l'infermiera e gli aiutanti del cimitero. Per gli ostaggi parlamentano un po': Piero non vuole cedere sullo scambio, i suoi devono essere liberati dalle carceri, faranno uno scambio sull'onore di entrambi. Su di un punto essenziale non trovano un accordo: troppo preziose per Piero sono le armi confiscate, senza le quali proseguire la guerriglia; lo sanno gli altri, ridotti ormai allo stremo, in via di andarsene non appena potranno, ma pur sempre con l'idea di combattere. Alla fine sono i partigiani a prevalere: accetteranno di non combattere per due giorni, in modo che i tedeschi si allontanino.

Gli ostaggi sono salvi, il paese è in festa, Piero se ne va con i più fidi lasciando agli altri di sistemare le cose in sospeso.

Man mano che si avvicinava il tempo della fine, Piero rifletteva sulle morti che da una parte e dall'altra si moltiplicavano anche in quell'ultimo periodo. Scacciare i tedeschi ormai nemici, liberare l'Italia del nord prima che arrivassero gli americani era il compito che si erano prefissi i partigiani. E intanto avvenivano scontri e uccisioni, e i paesi tremavano perché dove avvenivano erano coinvolti gli abitanti del luogo come responsabili delle guerriglie.

La battaglia di Ozegna è un altro capitolo esemplare della vittoria di Piero Piero. Avvertiti da una donna staffetta che alla stazione ci sono dei marò che aspettano il treno perché hanno deciso di disertare dalla X Mas, Piero decide di

raggiungere la stazione con un camion per caricarci sopra tutti quelli che hanno deciso di disertare, e lui li affianca su di una Aprilia. La voglia di viaggiare su macchine lussuose, magari quasi arrivate alla fine, lo ha sempre affascinato. Così affianca i suoi che smontano dal camion e si buttano alla stazione. Arrivano prima del treno e senza dover fare fuoco prendono i marò e li caricano sul camion. Contemporaneamente però arriva un'intera squadra di marò fedeli al fascismo che stanno cercando i presunti disertori: sono capeggiati dal famoso capitano Baldelli e si aggirano sulla piazza sapendo che si trovano da quelle parti i partigiani di Piero. Lui arriva con la sua Aprilia, si guarda intorno sicuro di sé. Approfittando di un momento di distrazione viene sbattuto sul muro della chiesa: "Sei Piero!" gli dice il vice di Baldelli, il capo dei marò, e si avvicina a lui con fare bellicoso. "Restituiscici i nostri marò!" gli grida. Ci tiene molto a riavere i suoi, anche perché si son portati via la cassa del battaglione. Ma Piero non si lascia intimidire "Quali marò? – gli dice derisorio – Sei tu che devi restituirli a me".
Discutono un po', e intanto i partigiani si sono appostati sui tetti, sui balconi. Con una mossa calcolata, mentre Baldelli si distrae, si libera dalla posizione pericolosa, gli sottrae il moschetto che quello teneva mollemente fra le mani e inverte la situazione. Sono tutti ben vestiti, i marò, le loro divise sono impeccabili, si vede che combattono poco: i ragazzi di Piero sono stracciati, hanno vestiti dalle più diverse divise, ma il loro capo è

fiero di loro, del loro coraggio, della loro generosità nel rischiare la vita. Baldelli si sente giocato, inizia a sparare insieme ai suoi, ma i partigiani hanno posizioni di vantaggio e Piero liberato dall'impaccio spara a più non posso, e con una raffica di mitra uccide Baldelli e tutti gli ufficiali che sono vicino a lui.

Ben presto la battaglia finisce. Restano a terra tre partigiani, tra questi il giovanissimo Giorgio Davito, che con una mossa calcolata, consapevole di rischiare la vita, si butta avanti riparando Piero Piero dai colpi che stanno arrivando dai marò di Baldelli, e cade a terra, mentre ormai quelli si gettano alla fuga. Ma vengono subito catturati e, messi su di un camion, saranno portati in Val Soana. Piero come sempre si è battuto senza risparmiarsi; è ferito non riesce a camminare, la Aprilia è un rottame, si trova un'altra macchina, che apparteneva al capo Baldelli; lui vi si getta con l'ultima forza, con i suoi si dirige all'ospedale di Cuorgné, dove sa che potrà trovare un bravo medico. È ridotto allo stremo, ma non sente il dolore delle ferite, il morale è alto, hanno conquistato uomini e armi, non poteva andare meglio.

Fra Piero Piero e i suoi uomini si sono instaurati momenti di collaborazione, ma anche se non si tratta di un esercito, viene rispettato un insieme di regole che vanno osservate. Si tratta in genere di rudimentali botte, di schiaffi e pugni per chi ha rubato ai contadini senza chiedere il permesso; il rispetto dei capi, l'ubbidienza, le donne che vanno considerate degne di rispetto, la moderazione nel bere, le regole contenute in un codice di guerra non scritto fra cui la persona dei prigionieri. Ci sono poi delle azioni punitive dettate dal momento, nella mancanza di altre soluzioni e tuttavia nella necessità di rendere esemplare la punizione per gli altri che vi assistono, talvolta trattandosi di azioni inaspettate, ma utili. La punizione più comune, che rende ridicolo il trasgressore e gli lascia soltanto una gran paura che la pena possa ripetersi, è quella del palo: il colpevole viene appeso a un palo a gambe all' in sù, fino a che il capo non decide di farlo slegare.

Ci sono però delle punizioni severe che sono definitive. Ad esempio il colpevole ha sottratto una notevole quantità di viveri a un contadino, che ha bisogno di quei viveri perché deve sfamare la famiglia e quelli che lavorano per lui, e che a loro volta con il loro lavoro sono utili per fornire i viveri al paese. Più volte sono le pubbliche amministrazioni, che devono distribuire i viveri all'ammasso, a venire private dalle derrate alimentari. È l'amministrazione comunale di un paese a chiedere giustizia e viene fucilato un ragazzo che già altre volte ha rubato. Se la quantità è ingente, non si esclude la pena di morte, eseguita come esempio di fronte a tutto il battaglione: non si tratta di casi rari, perché nei partigiani sono infiltrati elementi che non si sono fatti partigiani per vocazione e sacrificio; ben presto però è un fenomeno che si risolve di fronte alla serietà del momento, a cui tutti sono chiamati. Anche i preti intervengono in favore dei condannati alla pena di morte, il loro aiuto condiziona la pena e induce alla riflessione e al perdono.

Così inflessibile e talvolta indotto al perdono in considerazione delle difficili condizioni di vita della gente, Piero Piero riconosce, dopo la fine della guerra, qualche errore, di cui è pentito al punto da confessarlo pubblicamente, senza difficoltà a riconoscerlo nonostante non possa fare niente per alleviare quel rimorso che gli è venuto dopo aver riflettuto sulle azioni compiute. Erano in un paesino di montagna. Stavano a prendere un caffè o una grappa, senza alcun problema, perché le loro vedette avevano fatto sapere che era tutto tranquillo. La giovane cameriera tutta pimpante andava e veniva con le ordinazioni, gentile e svelta, perfino allegra. D'un tratto si scatena il finimondo. Spari sempre più ravvicinati, mentre i partigiani rispondono ai colpi senza aver capito da che parte provengano, perché da un momento di calma si sia creato tutto quel rumore. I partigiani si sono asserragliati nel bar, tavoli e sedie sono serviti da difesa; ben coordinata dal Piero che si è messo subito in azione, la situazione dell'agguato è sventato, tutto è tornato tranquillo. Ma non è sfuggito a Piero l'atteggiamento della cameriera, la sua posizione defilata, senza paura di essere centrata dai colpi provenienti dall'esterno. Così, ad azione finita, si crea un tribunale improvvisato. La cameriera viene interrogata. Quei colpi improvvisi, quando i partigiani avevano predisposto ogni attenzione, nessuno in giro, nessuno in arrivo, e invece quello scoppio improvviso, soltanto concertato sapendo che loro erano lì, tranquilli, ignari che qualcuno li spiasse. La cameriera balbetta, dice di non sapere, lei non c'entra. Poi confessa, ha un fidanzato che le ha chiesto se c'era qualcuno ad aspettare i partigiani: lei sorride presa dall'orgoglio, lei sa, e senza rendersi conto dell'errore, racconta che è stata lei ad informare quelli là. Non ci sono leggi della Stato, in questo momento in cui tutto è preso dalla confusione, e la legge è di chi in quel momento la gestisce in nome di un principio per cui combattere. Quindi è Piero Piero ad essere lo Stato, a decidere sulla sorte delle persone, sulle loro colpe, sulle loro possibilità di sfuggire alla morte, se il fatto non costituisce un reato grave. E la sentenza viene eseguita seduta stante, non ci sono ricorsi, non c'è un tribunale di appello. Eseguita la condanna, i partigiani se ne vanno, con la tristezza nel cuore, ma con la convinzione che il loro capo ha agito come era suo dovere.

Anni dopo, finita la guerra ormai da tempo, quando svaniscono i ricordi e ne rimangono soltanto i migliori, Piero Piero ha un ricordo indelebile, che lo tormenta e non gli lascia pace, quello della cameriera condannata. Cerca di farsi una ragione di quell'esecuzione dovuta dai tempi senza legge e con la necessità di agire per il meglio della causa, per la vita dei suoi partigiani, per il proseguimento di una battaglia che sta arrivando fortunatamente alla sua fine. ma nonostante le ragioni che si pone, quel ricordo lo tormenta e non c'è pace. "Avrei potuto risparmiarla – gli dice la mente ricordandogli il fatto – sarebbe viva, si sarebbe pentita", ma la voce tace, e il ricordo si ripete.

E viene infine l'ora del trionfo, l'arrivo sospirato degli americani. Non tanto sospirato però, nel senso che la lotta partigiana ha svolto il suo compito, sapendo cosa fare, dove sistemare i combattimenti, quali azioni eseguire, essendo tutta gente con la competenza di conoscere i luoghi e i partigiani fra di loro; soprattutto c'è quella comunanza delle idee che ha consentito di unire le persone più diverse per formazione e per scelte ideologiche, tale da poter agire secondo piani prestabiliti. Gli americani sono arrivati quando la maggior parte delle cose è già stata realizzata, spetta a loro il diritto del trionfo. Ecco Piero, finalmente sorridente, senza un moschetto fra le mani, su di un autoblindo americano, che sfila per le strade di Torino; dietro di lui l'auto coloniale con cui sono andati a prendere gli americani a Villanova. La gente è festante, il coprifuoco in città è abolito, Piero parla alla popolazione dall'alto dell'albergo Principi di Piemonte, è un momento di grande allegria.

E nel difficile compito di comandare e di decidere delle azioni da compiere, Piero Piero trova un momento che appartiene ormai al tempo in cui la guerra si allontana, ancora piena di sangue e di crudeltà, ma incline al perdono.

Nel paese di San Giusto c'è stata una spiata da parte di qualcuno che veniva considerato fidatissimo. Gli uomini di Piero hanno ricevuto un messaggio, di trovarsi in una cascina che sapevano, per importanti notizie dal capo.

Così, sul buio dell'imbrunire, ognuno è arrivato riparandosi dalla luce della luna fra gli alberi, ed è entrato nella cascina ben conosciuta, di giorno luogo di lavori contadini, deserta la notte, tranne che il pigolio delle galline nel silenzio di tutte le cose. Sono arrivati tutti, l'ora è scattata, attendono pieni di fiducia, sarà questione di minuti.

Non manca nessuno. Ed ecco che si scatena un pandemonio di voci dure e di pallottole. Entrano a fiotti tedeschi armati, spunta dall'esterno un carro armato in movimento, risate di scherno e colpi sparati all'impazzata. I partigiani impugnano le loro pistole, ma sono incastrati nel fuoco del nemico, non c'è modo di mostrare coraggio. E tutto tace, in una rapida volgare esecuzione. Ma non basta al nemico trionfare di una vittoria conseguita con il tradimento. Il carro armato passa sopra i corpi inanimati dei partigiani, li annulla nella loro umanità, incrudelisce con il suo carico di guerra. Più e più volte il carro armato distrugge gli uomini di Piero nelle loro sembianze di guerrieri, che hanno difeso la loro patria. All'alba il lavoro è finito, nella rabbia e nella soddisfazione demoniaca. Ma non hanno calcolato l'esistenza dei compagni; Piero Piero prevede sempre la difesa da una possibile aggressione. Arrivano senza farsi sentire, in agguato fra gli alberi, non appena la sparatoria è cominciata. Ma sono pochi e senz'armi tranne il fucile, assistono impotenti a quella trucida battaglia. Appena possono fanno arrivare gli altri, che imprigionano i tedeschi, stupiti di quell'imboscata che sembrava loro una vittoria. Piero è in montagna, dietro un'altra azione, bisognerà dirgli di quella tragedia. Viene lasciando la montagna nell'ansia dell'accaduto. E quando vede la strage, si butta a terra, l'erba nella bocca, il pianto di cui non si vergogna. Il parroco, il vice, gli sono tutti accanto, non è possibile consolare il Piero, ognuno è preso dal dolore, non ci sono parole.

I prigionieri sono tutti incatenati davanti alla chiesa accanto al luogo del macello: sono guardati a vista da quei partigiani che dovranno giustiziarli, secondo la legge che appartiene anche al loro codice di guerra. Piero è il più scatenato. Non l'hanno mai visto piangere, adesso sì, senza vergogna, e tanti altri piangono i compagni uccisi con l'inganno e poi distrutti dopo la morte. Il parroco e il vice anche loro non reggono allo strazio. La loro pietà è messa a dura prova, non c'è nulla a cui appigliarsi per il perdono: i tedeschi responsabili dovranno rassegnarsi a subire la pena dell'eccidio. Ma il vice d'improvviso cambia. Sente la croce su di sé, pensa alla fine della guerra, al proseguimento infinito delle morti, alle vendette che da una parte all'altra si creano in una linea infinita di odio. Si accosta a Piero, gli porge la croce, l'altro gli dà uno schiaffo, lo insulta per quell'atto di pietà. Il vice incalza, ripete il suo gesto, vi aggiunge le parole in dialetto, come quando si vuole toccare un momento più intimo, legato ai sentimenti. "Piero falu nen" gli dice perentorio. "Piero non farlo", è dire basta, dire non vendicarti, perdonali. Quello che chiede il vice è enorme, Piero lo trova impossibile. Di lontano i resti dei suoi uomini giacciono in attesa di essere riportati alla dignità dell'affetto. Il vice ripete il suo invito, con voce supplichevole, chiara, la sentono tutti intorno, i partigiani di guardia, i prigionieri incatenati: questi non capiscono il dialetto, non sanno che cosa dice quell'uomo con la croce, ma dal tono capiscono che si tratta di una supplica, e non può essere che per loro. "Piero falu nen" Ripetono senza capire cosa dicono, "Piero falu nen", tutti in coro guardando il capo partigiano che torvo si sente morire. E intanto pensa che altre morti non gioveranno alla conclusione del massacro, e dovrà cedere, anche lui comincia a volerla quella conclusione senza spargere sangue. Abbraccia il vice, mentre i soldati incatenati gridano le magiche parole.

STORIA DI BART
un pittore

Il mulino lavorava per il paese. Quando era estate piena, arrivavano i sacchi di grano e si rovesciavano nella macina.

Quasi tutti avevano un campo; il raccolto lo riprendevano macinato, ognuno aveva la sua farina. Finito quel lavoro, il mulino girava a vuoto facendo sprizzare l'acqua nel torrente che impetuoso usciva da sotto il ponte. Il mulino era del nonno. Benché non avesse studiato, aveva la conoscenza del diritto; quando c'era una questione che riguardava qualche abitante del paese, era lui a indirizzare la causa fino a portarla alla soluzione. E quando occorreva, andava a Torino, a piedi, per seguire una questione ingarbugliata e consultarsi con quelli che sapevano, ma che era lui a indirizzare. Per quel suo fare sapiente e sbrigativo, lo chiamavano Turinet, le cause giuridiche uscivano dalle sue mani semplificate e lontane da contrasti fra le parti. Il grano necessario per la casa glielo cedeva qualcuno in cambio della macinazione; il campo lo teneva coltivato a pannocchie di granturco, gli serviva per le galline che circolando liberamente per il prato rendevano un bel po' di uova. Altre bestie non ne teneva, troppa fatica quando il latte te lo davano in tanti. Per un po' di tempo avevano avuto una mucca, ma era troppo faticoso portarla al pascolo e mungerla: avevano avuto un'occasione per darla via bene; la vendita della mucca era rimasta come un evento da ricordare, Turinet

lo aveva scritto con un pezzo di carbone nel retro di un'anta dell'armadio nello stanzino che serviva da bagno: "Vendita de la mucka 19".
Chi sgranava le pannocchie era la nonna. In casa non c'era molto da fare da quando se n'era andato in Francia il figlio Giorgio in cerca di fortuna. La frontiera non era molto distante dal paese, passando per i monti si era subito di là. Non c'era lavoro per lui, al mulino. E così era partito con la promessa di ritornare quando avesse trovato un lavoro, per prendere con sé anche la moglie e i figli adolescenti: per guadagnare qualcosa, i ragazzi si arrangiavano con piccoli lavori che gli insegnava il nonno abituato a ingegnarsi in ogni difficoltà. La vita proseguiva in una povertà dignitosa consolata dalla possibilità di essere utile a una società ancora disponibile. Di Giorgio arrivò qualche notizia poco dopo la sua partenza: si era incontrato con un gruppo di sangiorgesi in partenza per l'America, dove erano stati ingaggiati come minatori: si unì a loro e ogni tanto di lui arrivavano cartoline dai luoghi più disparati, poi a poco a poco più nulla.
Bart e Giacomo, i due ragazzi, avevano come supporto il nonno. Turinet si ingegnava a trovargli qualche cosa da fare. Giacomo lo aiutava nei promemoria che scrupolosamente il vecchio si scriveva prima di andare a discutere a Torino sulle questioni di cui l'avevano incaricato. Bart disegnava. Qualunque cosa attirasse la sua attenzione, diventava un disegno. Usava per un paesaggio la carta del pane che gli regalava il fornaio; in un attimo con un pezzo di mattone

coglieva su di un muro il profilo di una ragazza, il volo di un uccello, un fiore. La gente del paese aveva notato questa tendenza di Bart a inventare disegni nei punti in cui trovasse un'ispirazione. Aveva lavorato un giorno, all'entrata della chiesa, a dare a un angelo la sua forma primitiva, corrosa dal tempo; dietro di lui il Notaio, autorevole personalità del paese, si era fermato a seguire la mano svelta di Bart che faceva rivivere il disegno. Trovandosi faccia a faccia con il Notaio, Bart era rimasto imbarazzato, come di cosa da non farsi. Stava per balbettare una scusa, quando l'altro lo fermò e gli disse: "Tlas fait na bela roba: chi c'a l 'à insegnate?" Stupito dalla domanda del Notaio, Bart disse semplicemente: "I lu fasu das per mi, per sdumureme". L'autorevole vecchio rimase così stupito dalla risposta di Bart, che gli sembrò giusto trattarlo da persona alla pari, degna dell'italiano. E così gli rispose: "Vorrei vedere degli altri tuoi disegni, girando per il paese ne ho trovato qua e là sui muri, e mi domandavo chi fosse stato a farli". "Chi fosse stato a farli"? Bart pensava che il Notaio lo prendesse in giro. "È la cosa più semplice di questo mondo —pensava - come agitare una mano nell'aria; basta avere una superficie su cui gettare il tuo gessetto, e la cosa, qualunque sia, è bell'e fatta". Se ne stava zitto, davanti al Notaio, che lo guardava in attesa che l'altro rispondesse.

"Alura? Devo fare il giro del paese per vedere come disegni, oppure hai qualcosa a casa da portarmi? ". "Ho qualcosa... – rispose arrossendo Bart – Ma sono piccole cose, fatte così, senza pensare poi di farle vedere". Il Notaio era incuriosito. Mentre parlava andava osservando l'angelo ridisegnato, e ne scopriva la forza espressiva. Sempre più era tentato di vedere subito quei disegni. "Anduma – disse svelto Bart preso dal timore di quell'autorevole giudice a cui non poteva sottrarsi, e aggiunse – Vedrà delle stupidere, e parei la finiuma". Si avviarono. Alla chiesa di Sant'Anna il muro bianco di calce fresca scintillava al sole. Il Notaio si fermò appoggiandovisi per un attimo di riposo. Rapido Bart disegnò sulla parete il volto barbuto in un sorriso appena accennato: bastarono due tratti a contenere i riccioli che calavano dal mento e due tenui chiaroscuri che rivelarono gli occhi, a dare l'impressione che proprio lì, su quel muro, fosse stato impresso il senso della vita. Il Notaio non si era neppure accorto delle mosse di Bart. Soltanto mentre stavano muovendosi alla volta del mulino, si rese conto della sua immagine che spiccava proiettata sulla parete, né l'aveva potuta fare nessun altro che Bart in quell'attimo di tempo della loro sosta. Cominciò ad avere una certa soggezione di quel giovane contadino che riteneva ignorante; ne stava intravedendo invece una qualità particolare mai vista in altri. Ma non disse nulla, voleva andare fino in fondo a quella storia tutta particolare. Arrivati al Mulino, si affacciò Turinet tutto infarinato; era tempo di macina e la gente andava e veniva con i sacchi del suo grano. Vedendo il Notaio insieme a Bart, Turinet pensò che ci fosse qualche causa in sospeso e che Bart fosse stato incontrato per caso.

Ma capì che c'era in aria qualche altra cosa, dal momento che Bart si slanciò in casa uscendone con un pacco di fogli, e si diresse verso il Notaio. Questi si era seduto su di una panchina aspettando l'arrivo di Bart. Il pacco si aprì dispiegando le sue carte. Il Notaio le sfogliava con aria distratta ma in realtà con attenzione che non lasciava trascurare nulla, il più piccolo schizzo, il più evanescente abbozzo. Dai fogli emergevano vecchi cenciosi, quanti se ne vedevano in paese, di passaggio da chissà dove, a chiedere la carità; e poi ragazze che ballavano tra di loro, in mezzo a ghirlande di rose, certo l'ispirazione partiva dalle feste patronali, dove i balli a palchetto si susseguivano fino a notte, e Bart non ne disprezzava la frequentazione, gli piacevano le ragazze ed era facile avvicinarle durante il ballo. Man mano che il Notaio scorreva i fogli, sempre più stupiva di quei disegni che non parevano fatti da un principiante.

"Chi ti ha insegnato?" sbottò senza contenere la curiosità.

Bart era in grande confusione. Nessuno gli aveva insegnato, ma temeva di non essere creduto. Il Notaio stava tornando su alcuni fogli e li confrontava fra di loro, borbottando delle frasi che soltanto lui riusciva a capire; spuntavano fra le sue parole a mezza voce i nomi di Gentileschi, Delleani, Grosso, Gaudenzio Ferrari... Il ragazzo taceva: "Nessuno... mi ha insegnato", infine riuscì a dire tutto d'un fiato. Il Notaio stava pensando a un suo progetto. Bart non aveva ancora sedici anni, aveva fatto soltanto le tre prime elementari. Se davvero quei lavori erano suoi, bisognava farlo studiare. Si rivolse a Turinet. "So nuvoud a l'è 'n gamba. A merta chi lu fasan studié". Ma l'altro pensava che ci volevano i soldi, per studiare, e loro non ne avevano. Il Notaio aveva già un piano in testa: - "Deme i feui e peui i fasu savei". Non si era rivolto al ragazzo, l'autorità del nonno prevaleva, doveva essere d'accordo lui a rinunciare ad avere il nipote in casa. Prese una gran manciata di fogli e salutando con un cenno partì spedito verso il centro del paese, lasciando senza parole Turinet e il nipote che sentiva dentro di sé una strana gioia e una paura infinita.

Con estrema precisione puntò al negozio del farmacista. Premette sulla porta che emise un suono di campanelle, si sporse dentro, intravide il farmacista dietro il banco e in tono sbrigativo – erano ore di lavoro – pronunciò chiaro: "Staseira da mì. A ven anca 'l dutur".
"E 'l preive?" replicò l'altro. Erano le autorità del paese, ogni decisione andava presa di comune accordo. "At lu dije tì" replicò veloce il Notaio, la testa già fuori dalla porta, e partì alla volta del dottore. Appena fuori stava quasi per essere travolto dal calessino del medico che andava a fare le sue visite. "Staseira da mì - pronunciò alto per superare gli zoccoli del cavallo – i lai da prupurve 'n prugett", e svelto si eclissò al cancello di casa sua, che stava poco più in là.

L'usanza per quei borghesi parchi del proprio danaro era di incontrarsi a turno da uno di loro, dopo cena. E le donne, a sistemare la cucina e poi in salotto.

Puntuali, a distanza di pochi minuti, arrivarono tutti, ultimo il parroco che aveva dovuto condurre le preghiere del vespro.

Sull'ampio tavolo dello studio, il Notaio aveva sparso i fogli di Bart.

Subito incuriositi gli altri si lanciarono a guardare prendendo ora questo ora quello dei disegni a seconda dell'attrazione che ne provavano. E intanto andavano chiedendo al Notaio il motivo dell'esame di quei fogli. Il primo a parlare fu il parroco: "Sono del Bart di Turinet – disse sapendo di che si trattava – l'ho visto tante volte in chiesa a osservare le pitture, e a quegli affreschi è andato a dargli una sistemazione, sapete il tempo rovina, e lui cerca di riparare...".

"L'ho visto io mentre aggiustava un angioletto dell'entrata – intervenne il Notaio – lo ha fatto proprio mentre io lo stavo guardando. La sua mano volava dietro a quel gessetto, sembrava che qualcuno gliela guidasse". I quattro notabili ascoltavano stupiti le parole del Notaio. "E noi allora che cosa si ha da fare?" disse il più pratico dei tre, il farmacista, abituato a fare le medicine, a inventare delle ricette e a soppesare i costi di un'azione. "Sì, che facciamo?" gli fece eco il medico, abituato alla pratica delle decisioni e desideroso di sapere che cosa avesse in mente il Notaio. Più cauto, ma anche più convinto di che progetto realizzare, il parroco si tenne per ultimo a parlare. "Potrebbe darci una mano in chiesa, a sistemare gli affreschi e le altre pitture, ma un conto è far disegni graziosi ma liberi, un conto saper disegnare, avere cioè una scuola". "Ecco — prese al volo la parola il Notaio — una scuola: il ragazzo ha bisogno di una scuola. E allora potrà rendere al meglio." E anticipando le domande e i dubbi e i timori dei costi rassicurò i compagni: "Gli faremo dare una borsa di studio dal Comune, noi ci metteremo anche un po' del nostro, per l'onore della nostra categoria, e lui imparerà all'Accademia. E poco per volta lavorando ai nostri dipinti ci ripagherà di quello che gli abbiamo dato". Il discorso era bell'e fatto, nessuno si opponeva, tutti volevano partecipare a un'impresa che avrebbe dato prestigio ai notabili del paese. Incaricarono il Notaio di parlare con Turinet e con Bart, rispettosi della volontà del nonno e anche del giovane che senz'altro avrebbe accettato.

Il mattino dopo il Notaio mandò un servitore al Mulino, per dire a Turinet che lui e il nipote erano aspettati nel suo studio per delle comunicazioni. I due si diedero subito da fare. Chiusero il mulino, ché non potevano lasciarlo solo a macinare, si vestirono al meglio e andarono allo studio del Notaio. Questi aveva ancora i fogli dei disegni sparsi sulla scrivania, com'erano rimasti la sera precedente. Informò in maniera sintetica Bart: gli davano i mezzi per andare a studiare all'Accademia di Torino quel disegno di cui si sentiva portato con tale evidenza da aver convinto i notabili a pagargli le spese della scuola; sarebbe poi tornato al paese con un serio bagaglio di studi e di lavori realizzati. Turinet si fidava del Notaio, e fu subito contento; più difficile convincere Bart della reale possibilità di andare all'Accademia senza preoccuparsi dei mezzi per frequentarla. Ma le parole del Notaio gli tolsero ogni timore e con lo sguardo offuscato da una lacrima lo ringraziò affermando che avrebbe fatto tutto quello che c'era da fare.

Torino, Bart non conosce la città, ma subito si immerge nelle sale dell'Accademia, deve recuperare gli anni che gli mancano per essere a posto come diploma, e insieme comincia ad accostarsi a quel genere di disegno che a lui, dalla mano intuitiva, manca nel rigore delle linee e delle proporzioni. Passano così due anni, poi altri tre preliminari, infine è la vera e propria Accademia che lo accoglie preparato e impaziente. Sono anni passati in fretta, carichi di studio e di esercitazioni. È pronto per delle prove che non si aspettava: si impegna in un quadro a olio – il massimo delle tecniche imparate – e lo sceglie complesso e grandissimo, carico di significati umani e simbolici, è "Il sacrificio di Isacco". Il gesto del padre che sta per uccidere il figlio gli è motivo di riflessione. Ci vede qualcosa che lo riguarda. Suo padre se ne è andato. Non lo ha però ucciso. A Torino ha potuto manifestare ciò che sente con più pienezza che quando la sua mano volava esprimendo intuitivamente il senso profondo della vita. Il gesto del padre che sta per calarsi sul figlio è fermato dalla voce di Dio, che lascia vivere il figlio. Bart è tutto preso da questa voglia di essere pienamente. "Il sacrificio di Isacco" è soltanto l'inizio di una serie di pitture in cui appaiono volti significativi. I contadini che ha lasciato in paese li ritrova nelle strade della città, nei modelli che gli offre l'Accademia, di vecchi pazienti nel volto sofferto di rughe. E poi ci sono le modelle, donne disposte a posare per ore, senza stancarsi. Bart ne conosce la vita, che loro raccontano senza difficoltà; una vita piena di povertà, dove crescono figli da sole e l'unico lavoro possibile è quello di posare per i giovani studenti. C'è tra le modelle e i pittori una sorta di amicizia cameratesca, che si esprime poi nelle fotografie che si scattano quando è terminato un lavoro. Ma niente amori, sarebbe un disastro l'unione di due povertà. Impegnato nel difficile studio dell'ultimo anno, Bart sembra dimenticare le difficoltà dell'esistenza in paese, che Turinet affronta per lui. I notabili continuano a fargli avere la borsa di studio, ma la cifra non basta per vivere, e lui rimedia con piccoli lavori che gli vengono commissionati, qualche volta ritratti di gente del paese, a carboncino oppure a olio; qualche volta il volto della Madonna, o un santo a cui si tributa una particolare devozione. Non è libero di scegliere, deve stare a quello che il mercato chiede, tranne poi dare sfogo al suo estro con il tempo che resta. Le modelle si prestano a essere tradotte in donne del mito, in sante, in capricciose bellezze: così vince premi, comincia a farsi conoscere. Ha ormai più di vent'anni, e la gente bene di Torino lo invita alle feste come pittore premiato. Bart ha un bel volto da rivoluzionario, poca barba e i capelli un po' lunghi, rossicci sopra uno sguardo di sfida; non è più il timido ragazzo inconsapevole che disegnava sui muri. A Torino gli si nasconde un'insidia. È l'amore, la passione che non può essere libero sfogo di sentimenti: occorre reprimerla o ignorarla. Oppure pagare per tutta la vita di averla accettata. Lei è di famiglia aristocratica, il padre preside di liceo, la nonna una contessa. Che fare di questa ragazza, se si è innamorata di un pittore? L'allegria dell'Accademia, i premi che piovono ad ogni mostra organizzata, inducono la famiglia di lei a spingere per il sì. Vivere in due, ci vuole una casa, tante cose da metterci dentro, a Torino non si può. E poi, le richieste che arrivano, di realizzare immagini di Madonne, piloni votivi nei poderi di campagna, ritratti di famiglie altolocate, carboncini di parenti defunti, si andrà per un po' di tempo a vivere a San Giorgio. Il prete, i notabili accolgono volentieri Catterina, la giovane sposa; il farmacista ha una casa sfitta, Bart accetta la proposta ragionevole, farà una cappella votiva in omaggio all'offerta, poi si vedrà. I suoi compagni di Accademia sono partiti chi di qua chi di là, Parigi ne ha attratti parecchi, Bart ha rinunciato a fare nuove esperienze, non ha risorse per vivere se non accettando i lavori che gli verranno dal paese. Così comincia la sua nuova vita; al Mulino c'è ancora Turinet un po' più vecchio, ma ancora in gamba con le sue pratiche giuridiche. Bart vuole fargli un ritratto, il volto ironico emerge dai tratti a carboncino, fedele al modello; lo vedono altre famiglie, crescono le richieste. Intanto i giovani del paese si incontrano con Bart, fondano un circolo dove prevalgono idee rivoluzionarie, i notabili cominciano a diffidare di questa tendenza ideologica che ritengono pericolosa. Passano gli anni e lo stile di Bart si definisce fra il verismo e un desiderio di nuovo, di libero dalle tecniche imitative. Deve però restare a quello che gli chiedono, ma anche attraverso queste richieste fa emergere il suo spirito di libertà creativa. Nei piloni che la devozione contadina esprime come per raccomandazione divina contro i disastri naturali, posti all'entrata dei poderi, si affacciano madonne con il bambino in grembo. Oppure da un pilone solitario occhieggia gigantesco un volto di vecchio barbuto dalla chioma ricciuta, un Dio che potrebbe essere nella volta di una chiesa, ma non è ancora tempo di lavori così complessi, e il volto da Giudizio universale pare un anticipo alle pitture di anni dopo. In casa la moglie Catterina ha organizzato una scuola di ricamo. Ha imparato dalle suore, come avviene per una ragazza di buona famiglia nella cui cultura per un futuro matrimonio c'è il cucito e il pianoforte.

Catterina aiuta il bilancio familiare e insieme si inserisce nelle famiglie del paese. Nasce un figlio, lo chiameranno Giorgio a ricordo di quel padre di cui non si è più saputo nulla. La pietà popolare si moltiplica nelle iniziative che commissionano a Bart quadri e affreschi nelle chiese e nei santuari. Molti canavesani sono partiti per l'America alla ricerca di lavori più redditizi che nei loro paesi. Si tengono legati ai compagni di emigrazione, insieme faranno collette per offrire al santuario del proprio paese il quadro della Santa Barbara che protegge i minatori, o un ex voto che riproduce un momento di difficoltà superato con l'intervento di un santo. Bart esegue quanto gli viene chiesto con fedeltà e adesione a un reale immaginario relativo alla divinità, ai santi e agli angeli che numerosi arricchiscono le opere. Il paese però gli sta stretto: la costrizione di tornare in paese ha cambiato la visuale prima aperta di Torino e dell'Accademia, e lo soffoca. Non gli basta trovare nel figlio un motivo di affetto, nelle pitture che gradualmente lo vedono crescere, dall'aspetto infantile a una gravità matura, e la divisa del Collegio di Mondovì rende ancora più evidente. A Bart arriva la commissione di cappelle e chiese dei paesi vicini, fino alle strette gole della montagna, dove lui si inerpica in bicicletta, con pennelli colori e fogli dei bozzetti legati al portabagagli. Catterina è fiera di lui, ma è difficile il dialogo fra loro, troppo diversi nella formazione sociale e negli interessi. Bart decide di partire per l'America, dove ci sono tanti sangiorgesi; i suoi amici stanno a New York, è il posto migliore per un artista come lui, di lavoro ce n'è tanto. Il viaggio è lungo e complicato, prima a Le Havre, in Normandia, ore di treno ad attraversare la Francia, poi l'imbarco per la traversata dell'Atlantico, uno spazio sul ponte fra i bagagli con tutto il suo avere, i bauli di legno pieni di disegni, i colori, i libri per tirar fuori le pitture. Dopo dieci giorni appare la statua della

Libertà, il suo nome sarà scritto fra i nuovi abitanti dell'America. Il viaggio è stato duro, ma c'è chi lo aspetta. Vaga per la città, in un quartiere dall'aria antica, con degli alberi davanti ai portoni, finché trova lo studio Panzironi, è un italiano che vive da anni a New York, gestendo i lavori che gli vengono proposti e che assegna a numerosi italiani che lavorano per lui. Sono molto richieste le pitture sacre, perché vanno aprendosi per i nuovi immigrati chiese rinnovate o di fattura recente, luoghi che ricordano il paese lontano e le sue tradizioni, i suoi santi celebrati nei "cantoni" durante le feste paesane. Bart ne ha fatte numerose dalle sue parti, non deve far altro che ricordare, e adattare partendo da quei lavori i dipinti e gli affreschi che soddisfano di più la pietà popolare. La città è smisurata, ma Bart non si perde, gli ricorda Torino, si orienta subito attraverso l'appoggio dello studio per cui lavora. Passano tre anni di intensa creatività, dove può finalmente sfogare la sua voglia di allargare i confini delle sue pitture, inventare angeli e santi, paesaggi paradisiaci e precipizi infernali, quelli che ha dipinto nelle chiese montane del Canavese, nei piccoli piloni e nei grandi altari delle chiese antiche. Qui in America tutto è nuovo o rinnovato. Si sposta da New York ad altre città. A Filadelfia il suo capolavoro, intorno alla cupola gli spicchi che si ispirano a chiese già decorate con angeli simili; ma qui gli angeli sono anche disperati, le vesti strappate, piangono, sono gli angeli della passione. Ha realizzato molte chiese, anche in altre città, in piccole nuove formazioni abitate da emigrati, ma in particolare è fiero di Filadelfia. E a differenza di tante altre opere, in cui è stato Panzironi a firmare, e lui accettava amaro perché non poteva rifiutare, qui, a Filadelfia, forse perché è evidente che sia lui, arrampicato sulla cupola a gareggiare in equilibrio sulle impalcature, a dipingere questi vivacissimi santi; vi apporrà la firma, il suo inconfondibile "B. Boggio" di colore rossastro.   Non si ferma per l'inaugurazione, forse non vuole commuoversi, oppure è soltanto la fretta di tornare a casa, per poco ma con la necessità di raggiungere il paese: lui e Catterina hanno deciso di comprare una casa, ci vuole il suo consenso e la sua firma. Il capitale accantonato è sufficiente a rassicurare il Notaio, che si compiace che abbia fatto strada quel giovane attraverso il loro aiuto di notabili. Bart riparte pochi mesi dopo, finché gli è possibile vuole accettare il lavoro che gli offrono. Si ferma in vari porti, per dei lavori che gli comunica Panzironi. Scende al porto di Buenos Aires; mentre passeggia in attesa di ripartire si imbatte in un volto che lo fa sobbalzare dallo stupore: è suo fratello Giacomo, non lo vede dai tempi dell'Accademia, quando se n'era andato da casa in cerca di avventure, ma sempre senza mestiere e senza scopi. È lacero, sotto la barba arruffata a stento Bart capisce che è lui. Si abbracciano, ma non c'è tempo per i racconti, la nave di Bart è in partenza, meglio che poter raccontare, un saluto, e via. "Ci vediamo a San Giorgio – dice Bart e l'altro fa un cenno d'intesa – Sì ci vediamo al paese". "Così conosci anche

Catterina, e mio figlio Giorgio...". La chiamata della nave spezza il dialogo. Si lasciano. Chissà quando si vedranno ancora.

E finalmente torna a casa. Davvero la casa c'è adesso. Catterina vi ha messo tutto il suo gusto, la sua capacità di rendere confortevole una casa antica e bella ma da arricchire di comodità. Si avvicendano da lei le ragazze che devono farsi il corredo; una volta imparato tornano a casa orgogliose di aver acquisito il dono prezioso del cucito. Bart si rifugia negli studi, due sale all'ultimo piano che vanno riempiendosi di disegni e bozzetti. Isolato dal mondo scende per il pranzo e per qualche commissione. Continuano le richieste delle chiese di montagna, i piloni, le cappelle, ma la grande soddisfazione è la commissione di affrescare la chiesa parrocchiale, dove negli ampi spazi delle volte e dello sfondo trovano posto gli Evangelisti, gli Angeli, la Madonna Assunta in mezzo a un nugolo di angeli e di santi. Il bravissimo decoratore Fenoglio lo asseconda arricchendo le pareti di fiori stilizzati e di maschere magiche. Il vuoto dello sfondo e la durezza delle navate si ammorbidiscono di bellezza. Bart è schivo di amicizie. Sono tornati dall'America tanti che vi hanno lavorato per decenni; con questi si vede, paventano arie di violenza imminente.

Il figlio si è sposato, c'è una nipote, una bambina con cui Bart simpatizza, se ne vanno per funghi nei boschi, quando lui lavora nello studio lei ha il permesso di restare. Il paese è contrastato dall'affermazione del fascismo, Bart aderisce assieme al figlio alla lotta partigiana, al rischioso periodo della Resistenza. Verranno minacciati più volte, sono anni in cui la carriera è lontana, ciò che più conta è la sopravvivenza e il contrasto con il regime ufficiale. E finalmente è la liberazione dell'Italia dalla dittatura fascista e dall'occupazione nazista. Bart riprende a realizzare delle opere, il suo contrasto al periodo fascista lo aveva escluso dal lavoro.

Ma poi tutto riprende, anche se i tempi della giovinezza sono lontani. Il Canavese è pieno di opere di Bart, non ha sfondato nel mondo dell'arte andando a Parigi o nelle mostre internazionali, ma ha creato un linguaggio tutto suo, che si fonde con la realtà dei paesaggi e delle chiese. È qualcosa che resterà al di sopra del nome.

STORIA DELLA NARA
una donna dentro la storia

L'avevo conosciuta a una delle riunioni di donne organizzate dalla Pro Civitate Christiana ad Assisi, una iniziativa femminista che partiva da una associazione non definita sul piano politico. Convenivano da tutta Italia con l'intento di scambiarsi idee e opinioni, donne dalle culture più disparate e dalle età varianti dall'estrema giovinezza a una maturità toccata da esperienze antiche. Ognuna portava un apporto utile, nessuna discriminava le compagne diverse dal proprio percorso di vita. In maniera spontanea, le donne si erano suddivise in gruppi, scegliendosi per conoscenza, per un veloce scambio di idee, o scoprendosi vicine per studi ed esperienze politiche. Altrettanto con facilità sceglievano nel gruppo, quasi automaticamente, la donna che avrebbe guidato gli interventi per ricavarne una sintesi, una condivisione, un arricchimento attraverso un contrasto. Questo modo di lavorare non capita di solito mai, nei gruppi composti da uomini, dove l'ansia di primeggiare supera la volontà di dialogo. Qui l'incontro tendeva alla sintesi verso un determinato scopo operativo. Si formò un gruppo e scelsero me, nonostante che io avessi insistito perché a condurre le discussioni fosse una donna più anziana, dalla parlata riconoscibile toscana, di Prato, come ci fece poi sapere. Tutte le donne del gruppo furono d'accordo perché io accettassi il ruolo di moderatrice, anche la Nara – così si chiamava la toscana – disse che io ero più capace a condurre un incontro, mentre lei aveva le idee, ma non la capacità di sintetizzare l'impegno delle altre. Così conobbi la Nara; il gruppo lavorò molto bene con l'apporto di ogni donna, io realizzai la sintesi mentre la Nara suggeriva spunti legati alla realtà del lavoro, avendo esperienze di fabbrica. Riuscimmo a tirar fuori un documento significativo nell'ambito della situazione della donna, ed esso fu assunto poi, con qualche aggiunta e modifica, dall'intero insieme dei gruppi. Finiti i lavori, Nara mi disse che le donne di Prato le avevano chiesto da tempo di mettere giù degli appunti sulla sua vita per le esperienze che aveva passato. Lei però non si era mai decisa, non pensava di poter descrivere da sola i tanti momenti della sua esistenza, dal periodo dell'infanzia contadina, al fascismo, alla Resistenza, al lavoro dei telai e così via, con tutte le valutazioni che ne derivavano. Dopo quell'incontro, prima che ci lasciassimo con il dispiacere che fosse terminata un'espe-rienza che lasciava il segno in ciascuna di noi, Nara mi chiese che facessi io il lavoro di buttar giù delle pagine su di lei: le amiche di Prato erano pronte a diffonderle. Cominciammo così un impegno, che divenne un vero e proprio lavoro, di raccogliere i ricordi della Nara, di ordinarli, di dare una successione logica e temporale agli eventi che si andavano esprimendo attraverso il suo racconto. Impossibile sostituirne il linguaggio; la sua capacità di descrivere quanto voleva anche nei dettagli degli avvenimenti impediva una sia pure intelligente sintesi razionale. Ciò che la

Nara raccontava doveva rimanere quello che era, il mio compito consisteva soltanto nell'incastonarlo in un discorso temporale in cui avvengono i fatti, ma essi parlano con una loro, vitalità che rifiuta espressioni soltanto razionali. Così, da parte mia ho offerto una sorta di quadro organico degli avvenimenti raccontati, ma ho lasciato intatto il linguaggio con cui essi sono stati descritti. Ho preso qualche spunto dalla narrazione complessiva della sua vita, mettendo in corsivo le parole della Nara, in modo che appaia evidente il suo modo di esprimersi. Sono cenni assai brevi rispetto ai fiumi di parole che lei sa utilizzare per rendere appieno un fatto, un pensiero.

Parlare della Nara significa descrivere una donna che nel corso dei decenni muta la sua esistenza rimanendo coerente a sé stessa.
Nella sua vita si svolgono i tempi di una società in cui lei si cala con coerenza in anticipo, prevenendo gli eventi.
Pare che sia passato un secolo dai primi ricordi di Nara legati alla sua infanzia, agli ultimi che la vedono simbolo di iniziative politiche e femministe. La sua vita è un arco di esempi concreti; è una donna che non ha cultura acquisita, nasce da una radice contadina e si evolve nei tempi senza rinnegare le sue origini, ma adeguandosi ai cambiamenti, e facendone elemento di riflessione per chi dialoga con lei. Se adesso le donne di Prato citano la Nara come se fosse ancora tra loro, è perché lei ha inciso sul

comportamento delle donne che vivevano ai suoi tempi, che a loro volta hanno trasmesso le sue riflessioni a quelle che si sono aggiunte dopo.

La sua infanzia si sviluppa nell'ambito della civiltà contadina, del padrone e del fattore, dei prodotti della campagna che per la famiglia sono l'unica possibilità per nutrirsi. È una situazione di favola, ci si cura con le erbe, si barattano i frutti della terra, ci si basa sulla fiducia reciproca. La dimensione patriarcale della famiglia non si discute, ma è anche una situazione richiesta dalle circostanze, assegnando a ciascun membro della famiglia un proprio compito e un proprio ruolo, che non significa prevaricazione fra uomini e donne, ma spartizione dei lavori e delle responsabilità nell'ambito della famiglia.

La festa più bella era la vendemmia, perché tutti si partecipava alla pari, mentre nelle altre c'erano dei ruoli differenziati.

Nella famiglia la donna aveva un ruolo subalterno all'uomo. Nel numero erano contati i maschi, non le femmine.

Il periodo della civiltà contadina è dominato dalla figura del padre. Ma questo padre lascia spazio alle donne nelle loro attività specifiche, sia nella casa – i cibi, la dispensa, gli animali domestici – sia nelle invenzioni relative alla cura delle malattie, dalle erbe ai decotti, agli infusi che costituiscono una sorta di farmacia con cui viene curato ogni male. Sempre nell'ambito del tempo in cui la vita è legata alla terra e al rapporto con il fattore, si spartiscono i prodotti dei raccolti in base ad accordi pattuiti e da rispettare, attraverso il lavoro.

È una sorta di filosofia contadina che caratterizza il modo di vivere del padre di Nara a cui sempre lei fa capo.

Io bambina, mi ricordo che mio padre stava piantando dei noci, che erano dei piccoli fusti, e nel mentre li piantava io glieli porgevo e dicevo: "Babbo, quanto ci vuole a fare le noci?". E lui mi diceva: "Beh, qui ci vorranno anche vent'anni". E io: "Allora a fare che tu li pianti, te? Tu non li mangi mica?". Mi disse: "La vita è eterna, non perché io sono eterno, ma perché io tramando a te il mio sapere e tu ritramanderai".
"Io devo piantare, perché tu devi raccogliere, e perché i tuoi figli debbono raccogliere quello che tu pianterai".

La Nara non trascura ogni azione che si svolge in casa. La madre gestisce tutte le attività, in piena sintonia con il padre, che a sua volta gestisce i lavori per mantenere la famiglia. Fin da piccoli, i bambini sono tenuti a sostenere dei compiti, e le femmine lavorano anche avendo pochi anni.

La mamma in questo contenitore dove faceva il bucato scaldava l'acqua e nella conca dove teneva il bucato ci faceva il bagno.

Si adoperava il fuso, in casa. Mia madre ci ha insegnato a usarlo durante la guerra, quando non si trovavano più i filati.

Gli uomini tagliavano la legna nei boschi, andavano via con i muli e tornavano carichi in paese. Facevano anche il carbone. La carbonaia non tutti la sapevano fare. Gli esperti erano montanari che vivevano nelle macchie, e facevano legna e carbone e bracia.
Gli spaghetti alla carbonara sono cotti nell'acqua e sale, e per condimento c'è del formaggio e delle uova scocciate.

Tutto cambia con l'avvento del fascismo. Nara sperimenta l'Africa dei gerarchi andandoci con una zia, e si rende conto del razzismo con cui vengono trattati i neri. Tornerà in Italia vivendo tutto il periodo della guerra; si troverà coinvolta nella Resistenza, ormai a un'età da adolescente: è una staffetta preziosa, di cui si fidano molto, collabora con il fratello e con il padre, molte le imprese in cui rischia la vita incontrando i tedeschi che la scoprono mentre sta eseguendo una azione.

Dice: "Ma il tu' fratello che non si vede più, dov'è, nelle formazioni partigiane?". Dico: "Sì, mio fratello è in una formazione partigiana", e lui: "Ma dove sta, da quale parte". Dice: "Ma tu?". "Io sì, m'incontro con delle persone, però per la strada, gli dico quello che gli devo dire e poi me ne torno via". Dice: "Ma a te chi te lo dice?". "Altre persone che io non conosco nemmeno — gli dissi -, sono una pedina nelle mani d'altri".

È il periodo in cui finita la guerra, si inizia a intravedere il discorso politico e sindacale. Nara scopre la scuola di partito, che la induce a lasciare il marito per sei mesi, tanto quanto durano le lezioni, dove imparerà a trattare le cause non solo politiche, ma anche sociali, che le saranno molto utili quando andrà presto a lavorare ai telai. È lì che ci si rende conto di come sono trattate le donne.

Andavo a contrattare col padrone, l'unica che gli diceva le cose come gliele volevo dire, ero io. Io porto avanti una battaglia e la voglio portare fino in fondo.

È allora che inizia ad abbinare l'impegno sindacale con quello femminista, lavorando per l'UDI. Manca ancora l'organizzazione del movimento, ma l'entusiasmo delle donne sopperisce alle difficoltà e fa crescere l'impegno.

Erano tantissime queste donne, una strada lunghissima, le contadine delle valli e delle montagne s'erano vestite con il costume tradizionale, le altre erano venute con la parola d'ordine delle fabbriche.

Però mi accorsi, attraverso gli operai e in particolare le operaie, che avevo un ascendente che mi veniva da una capacità di analisi, anche se sommaria e limitata, che altri operai non avevano perché non avevano avuto né la lotta partigiana, né l'infanzia vicina a un padre anarchico e socialista, né il mio vissuto, all'interno anche di gerarchie fasciste.

L'unico posto dove c'erano uomini e donne era la tessitura. I "cani da guardia" del padrone erano tutti uomini, noi chiamavano così gli impiegati, quelli che stavano negli uffici.

Insieme all'impegno nella scuola di partito e la frequentazione femminista, si aggiunge l'impegno familiare, la vita e la collaborazione politica con il marito, la nascita dei due figli.
Sono anche le situazioni sociali, le riflessioni sulle ingiustizie nell'ambito della fabbrica e il tentativo di organizzarsi per costituire una forza che si opponga alle discriminazioni, a creare un'intesa che va al di là degli affetti familiari e diventa ragione di vita. L'incontro con il marito è carico di affetti, ma anche di comuni interessi politici.

Siamo arrivati dov'erano gli stabilimenti delle acque, ci siamo messi a sedere in un prato, sotto un albero, abbiamo cominciato a parlare, a parlare, a parlare.
Il primo rapporto vero, di vita con lui, e di lui con me, l'abbiamo iniziato il giorno del matrimonio.

E il lavoro del telaio, sia in casa che in fabbrica, si inserisce nella vita quotidiana, come dimensione da cui partire per un rapporto con la società in cui si combatte contro le discriminazioni.

Si ripercuotevano già anche a Prato le lotte dei metalmeccanici, perché io con i telai avevo bisogno di pezzi di ricambio, e non me trovavo più da nessuna parte.

La struttura stessa dell'industria tessile, così parcellizzata, non permetteva agli operai di riunirsi per poter analizzare la situazione.

A seconda delle lezioni e a che cosa erano impostate, facevamo discussioni oppure elaborazioni e sintesi delle cose.

L'impegno con le donne si concretizza in iniziative di vita in comune, la creazione di Spazio-Donna, in cui le donne passano periodi estivi vivendo in comunità.

In sette anni di movimento, sono cambiata nell'espressione dei miei giudizi, nelle forme, nel modo di realizzare i progetti.

Sia Nara che il marito sono però delusi dalla debolezza delle iniziative politiche, sindacali e femministe. Nara si rende conto che certe prospettive devono maturare, e che non si possono affrettare i tempi.

Rimane un esempio per le donne che l'hanno incontrata, che la conoscono attraverso il libro della sua vita, e che proseguono nella sua visione della società nel rinnovarsi delle iniziative future.

Con il passare degli anni in cui ha vissuto e si è impegnata al passo con i tempi, e in contrasto con la passività con cui in genere le donne vivevano ciascun periodo, Nara ha dato un esempio di logica, di capacità di ragionamento con cui ha anticipato il modo di ottenere la propria autonomia da parte delle donne. Il salto che fa Nara lasciando la fattoria la porta addirittura in Africa, con una zia ricca moglie di un gerarca: la differenza dalla vita precedente viene accettata perché è vista con la possibilità di stabilire un proprio modo critico, un confronto fra un'esistenza privilegiata e una condizionata dalla subalternità. E insieme a questo confronto, il tema più importante, più coinvolgente e più complesso che quello che può capire una ragazzina, l'avvento del fascismo in tutta la sua negatività razzista. Nara ne ricorda l'aspetto grottesco, la sua parlata è carica di humour.

Mussolini parlava sempre da quel terrazzino di piazza Venezia, perché in quei giorni era la sede del governo. E c'era uno strano modo di raggruppare le folle, perché Mussolini aveva da parlare. C'era una graduatoria nell'impostazione di queste manifestazioni. Una serie di scuole privilegiate di Roma, gli allievi dovevano presentarsi tutti con la divisa fascista, dei Figli della Lupa, fino alle Giovani Italiane.

La Nara, ancora giovanissima, aveva cominciato a a imparare a lavorare ai telai, che sono il particolare impegno della gente di Prato. Ma la guerra non è ancora finita e Nara entra nella resistenza partigiana, è una staffetta che collabora con il fratello e con il padre, molte le imprese in cui rischia la vita incontrando i tedeschi che la scoprono mentre sta eseguendo una azione.

Dopo la liberazione la Nara scopre la politica dei partiti. Lavora sempre più impegnata ai telai, ormai in fabbrica a tempo pieno, si impegna per gli altri operai, mette a frutto gli insegnamenti appresi e li supera portando la novità di un pensiero femminista. La novità del suo pensiero è la forza critica che la rende autonoma rispetto agli indottrinamenti.

Era stato messo un quadro, e quello era Gramsci. Ma gli scritti di Gramsci non venivano propagandati né letti, non se ne parlava assolutamente.

Si innestano in questo periodo gli impegni politici e quelli familiari, che le aprono nuove scoperte sul piano esistenziale, il rapporto con gli uomini e la necessità di trovare un modo di vivere a livello paritario, cosa che anche la cultura politica non porta ancora, rimanendo un dislivello sociale fra uomini e donne.

La lotta femminista per affermare i diritti delle donne è l'elemento di battaglia che rimane più sentito nell'impegno della Nara, che diventa esempio di iniziative esistenziali per le donne di Prato, a loro volta sostenitrici dei diritti delle donne. Le battaglie che Nara intraprende riguardano soprattutto i diritti rivendicati sul corpo delle donne; alle tante volontarie che si occupano di luoghi di visita e di militanza, si aggiungono medici volontari che offrono gratuitamente il loro apporto. È l'inizio per affrontare in modo nuovo i problemi più scottanti della vita delle donne. Per l'impulso che la Nara ha dato a questa battaglia, viene ricordata al di là della sua esistenza, come una creatura alla quale far riferimento nella propria vita.

STORIA DI MARIA DEL MONTE

Partiva. Finalmente aveva deciso. Dopo molte riflessioni e qualche dubbio. Che rimaneva nell'aria quando pensava al momento della partenza, da cui non avrebbe potuto tornare indietro. Non tanto in sé, quanto per la parola data. A un cugino dalla lontana parentela, che la ricordava da piccola, bambino anche lui, e che poi, in un rapido fiorire di desiderio, da adulto aveva preso a scriverle da Buenos Aires, dove era andato ad abitare insieme alla famiglia, impegnata in affari. Il richiamo dell'Italia si faceva comunque sentire, e si concretizzava nel desiderio di chiamare a sé una ragazza da sposare, appunto Maria che rappresentava per lui la patria e la tradizione familiare. Per questo desiderio aveva preso a scriverle lunghe lettere, sempre più frequenti, non aspettando neppure una risposta, in un flusso di pensieri e di speranze a incontrarla e a sentirla accettare quella che a poco a poco si era formata come una vera richiesta di matrimonio. Dal gioco delle lettere Maria era passata a una considerazione seria delle intenzioni del giovane, rispondendo sullo stesso tono, che prevedeva la sua andata a Buenos Aires, per incontrarsi con lui e concertare il matrimonio. Rispondeva alle lettere in una sorta di passività in cui assentiva alla proposta del cugino, consapevole dell'impegno che andava assumendosi, ma che sentiva così lontano e vago da non preoccuparsene come di impegno legato alle lettere. Lo spazio e il tempo che si frapponevano all'evento lo rendevano evanescente come un sogno, e non temibile come un fatto reale. Intanto sua madre riempiva bauli e valige di ogni cosa Maria avesse avuto bisogno in un paese di cui ignorava la cultura.

Venne il giorno della partenza, prima arrivò una lettera del fidanzato che le diceva dell'attesa di parenti e di amici, tutti italiani, che l'avrebbero ricevuta all'arrivo della nave. Cominciò per Maria un intervallo alla sua vita, quella solita e l'altra, futura e immaginata, una specie di bolla d'aria in cui tutto era nuovo e sorprendente. La incantava quell'essere su di un elemento che scivolava sul mare come se stesse fermo; stupiva di quelle forme nuove che misteriosamente costituivano la nave. A lungo rimaneva seduta su di una delle chaise- longue del ponte guardando l'orizzonte in cui scopriva altre navi, piccolissime per la distanza. Immaginava altre persone che viaggiavano come lei e sentiva quanto fosse misterioso il suo viaggio verso un mondo sconosciuto. Era sempre sola ma erano tante le cose di cui stupirsi che non se ne lamentava. Finché un giorno le venne accanto un ufficiale dal portamento altero: superava di ben una spanna la sua personcina esile ma di altezza notevole come donna; lei lo guardò dal basso all'alto e gli sorrise, aspettando che si presentasse. "Capitano Giovanni Bertozzi, comandante della nave", disse lui con tono militare, anche se militare non era, e nel contempo con uno scatto pose una mano alla visiera del cappello e batté i tacchi. Lei gli tese la mano, ma lui gliela prese e la sfiorò con un bacio. Maria sentì il solletico leggero dei baffi rossicci mentre ritirava la mano ed ebbe un brivido di piacere. "Maria del Monte" rispose in un sussurro, e con la mano ancora alzata lo invitò a sedersi accanto a lei. "In salone stanno prendendo il tè – disse lui mentre si sedeva -, anche a me non va di prendere il tè all'ora del tè, c'è sempre un gran chiasso". "Oh! io ho l'abitudine di stare da sola. E poi non conosco nessuno. È sciocco parlare di sé a gente che non conosci ". "Io sono il capitano Bertozzi – disse sorridendo l'ufficiale – e voi siete Madame Maria del Monte: ecco fatto". Risero entrambi come per un'intesa. "Ora ci conosciamo – riprese l'ufficiale – e se posso permettermi di fare una proposta, vorrei invitarla a cena al mio tavolo. Ci saranno altri due ufficiali con noi, e lei non si sentirà sola con me". Maria avrebbe desiderato di rimanere con il capitano, perché gli interessava conoscere di più il suo carattere, qualcosa della sua esistenza; ma al tempo stesso capiva la discrezione di un incontro appena fatto e preferì tacere e assentire con un sorriso.

Poi "D'accordo – disse convinta -, ma adesso mi piacerebbe sapere qualcosa di lei, della sua vita di comandante". "Preferisco il mare alla terraferma – esordì lui -. Qui ho meno occasioni di litigare. Non ho legami, soltanto amici, da quella parte dell'Italia che è la Romagna.

Perché in Romagna vivono i miei amici anarchici". Maria ascoltava stupita, non osando interrompere. Gli pareva una contraddizione che un ufficiale che comandava una nave potesse poi essere un anarchico, gente che, secondo lei, creava disordini e viveva senza rispettare le leggi. "Ma – ebbe il coraggio di intervenire – come mai lei è a capo di una nave e non solo obbedisce alle leggi... ai regolamenti... ma li fa rispettare agli altri..." Maria era in un mare di confusione, e aspettava risposte. "Gli anarchici rispettano le leggi – esordì il capitano con tono preciso -, le leggi giuste, le leggi che consentono a tutti di vivere secondo giustizia. Non amano i poteri forti, che discriminano le persone, non amano coloro che per nascita comandano, o che fanno le guerre per interessi personali. Purtroppo gli anarchici sono considerati secondo pregiudizi". Le frasi erano rimaste nell'aria, e ripetevano ancora la loro forza, la cui giustizia era apparsa chiara a Maria, soddisfatta di aver capito il significato del termine "anarchico" e di poterlo applicare al capitano senza un concetto negativo. "E adesso, bella Signora, mi dite chi siete voi ?", lui aveva ripreso un tono leggero, e aspettava la risposta di Maria.

"Inutile fare tante digressioni – riflettè lei -, glielo dico, almeno non si creano equivoci. Pensò così riferendosi al suo matrimonio argentino, ma non potè fare a meno di riconoscere che quella dichiarazione era un po' come salvarsi da un'attrazione che le era venuta al primo apparire del capitano. "Sono maestra elementare – disse con semplicità -, vivo con mia madre e una zia. Vado a Buenos Aires per sposarmi". Il capitano ebbe un lieve sobbalzo, ma subito riprese l'atteggiamento sorridente con cui aspettava la risposta. "Da sola? – disse con un tono di meraviglia – E perché? Sua madre non poteva accompagnarla?" "Mia madre deve badare ai miei fratelli – rispose Maria -. Sono più piccoli di me – aggiunse con la confidenza che gli ispirava quell'uomo appena conosciuto – e poi il viaggio costa parecchio". "Siete molto saggia – d'impulso disse il capitano - , più della vostra età" -. La guardò da sotto la visiera: "Vent'anni? – azzardò: poi con tono scherzoso aggiunse – Alle donne non bisogna mai chiedere l'età". "Ne ho qualcuno di più – rise maliziosa Maria - Ho studiato prima di insegnare. Ho fatto un corso in Spagna per conoscere bene la lingua (sapevo che sarei andata a Buenos Aires) ed eccomi qui, su questa nave". "Il viaggio dura tre settimane. Sarà vario, imprevedibile, ve lo illustrerò se me lo permetterete. – il tono del capitano era affrettato, come se non volesse essere interrotto. Queste tre settimane voleranno – d'improvviso tacque, poi ritornando formale concluse – e voi sarete arrivata al vostro destino". "Oh! via non vi rattristate – ruppe il silenzio Maria allegramente – Appena sbarcata non vi ricorderete più di me!" "Intanto, se me lo permetterete – subito disse lui - vi porterò a vedere la nave. E poi se non vi annoierò, verrò ogni tanto a farvi un po' di compagnia". La sera avanzava, nei volti brillavano gli occhi mentre l'oscurità andava invadendo la nave. "Devo andare – il tono era professionale, sbrigativo – mi aspettano per i cambi della notte. E voi, sarete stanca di questa lunga conversazione. Spero di non avervi annoiata". Maria si alzò di scatto e gli porse la mano ridendo.

"È stato molto divertente incontrarvi. Mi farà piacere rivedervi. Sempre che non siate troppo impegnato con la nave". "Mi libererò senz'altro" – disse lui convinto, e baciandole la mano batté sui tacchi e se ne andò con passo deciso.
Maria era rimasta sconcertata. Nella quiete della sua voluta solitudine non si era aspettata quell'incontro. Eppure, adesso che il capitano si era dileguato scomparendo dietro una porta poco lontano, a Maria era sembrato di averlo sempre conosciuto. Preso dalle sue incombenze, non si sarebbe fatto più vedere. Il lato negativo dei suoi pensieri le suggeriva questa sparizione, ma il lato positivo la spingeva a sperare di rivederlo. Tornava a ripensare a lui rimanendo nel crepuscolo sulla chaise-longue e non si decideva ad andare nella sua cabina a cambiarsi per la cena – così si usava in quegli anni. Rivedeva il capitano, l'abito bianco dalla giacca stirata, bianche anche le scarpe, e la cravatta blu a risaltare sulla camicia immacolata. La vita all'aperto lo aveva abbronzato; i baffi, riprovò il leggero brivido del bacio sulla mano; si scoprì a risentirne la voce rotonda, romagnola... "purtroppo gli anarchici sono considerati secondo pregiudizi...", sì, valeva la pena di rivederlo e di sapere qualche altra cosa di lui. Tre settimane e la sua vita sarebbe stata incapsulata per sempre. Le era sembrato naturale accettare la proposta del cugino ormai andato a vivere a Buenos Aires, parenti ricchi e soltanto con quel nipote, a cui lasciare un'azienda di stoffe ben avviata, in particolare con l'Italia. Tirò fuori dalla borsetta una busta, vi estrasse una foto: vi

compariva un giovane sorridente, con un braccio appoggiato a un trespolo e uno sfondo di piante fiorite, il classico scatto del fotografo per l'immagine da inviare alla famiglia lontana. Quante volte aveva guardato quella foto da quando le era arrivata per posta; insieme c'era la richiesta di matrimonio; arrivava dopo una lunga serie di lettere nel corso di un anno, in cui i due si erano scambiati pensieri e speranze per la loro vita futura. Era stato facile intendersi perché per anni le loro due famiglie avevano vissuto uniti dalla parentela e dal lavoro. I due ragazzi erano andati a scuola insieme, avevano partecipato con gli stessi compagni ai giochi e agli avvenimenti, si conoscevano bene, ma il loro rapporto era piuttosto di tipo fraterno. La morte del padre di Maria aveva indotto il padre del giovane a trovare altri soci e a trasferirsi in Argentina. E là aveva ingrandito l'ambito dei suoi affari e pensava di non ritornare più in Italia: per questo, se il giovane avesse voluto sposare Maria, la situazione poteva essere ideale, sia a livello affettivo che sul piano economico, perché la ragazza avrebbe portato alla famiglia la sua dote di collaborazione all'azienda. Questo passato e questa futura situazione Maria la conosceva, avendola accettata come ideale. Era la prima volta che guardava la fotografia considerandola criticamente. Indagò sul volto paffuto del ragazzo, sulla camicia sbuffante sopra i pantaloni da gaucho: sorrideva felice certo pensando a quanto sarebbe stata contenta la promessa sposa di ricevere l'immagine del suo promesso. Ma c'era qualcosa che non la convinceva. Quel volto non era quello solito, che lei guardava con una sorta di dedizione ammirata: era il volto di un giovane grassoccio un po' infatuato di sé. E istintivamente il pensiero le si proiettò al capitano, al suo volto espressivo di una compiuta voglia di vivere.

Certo il capitano era un uomo maturo, il cugino quasi ancora un ragazzo. Ma non si trattava di una questione di età, si sorprese a ragionare, e di che cosa allora? Non volle andare oltre, sentiva che le sue placide convinzioni rischiavano di vacillare. Ripose, addirittura nascose la foto nella busta, la richiuse dentro la borsetta, si alzò veloce e si diresse verso la sua cabina per immergersi nei riti della cena, l'abito, la pettinatura, soprattutto lo stato d'animo.

Passarono alcuni giorni senza che Maria vedesse il capitano. C'era movimento fra i marinai, di certo era successo qualcosa. Si sorprese a pensare che l'ufficiale avesse compiuto soltanto un atto di cortesia nel chiacchierare con lei, un modo gentile di intrattenersi con una passeggera. Dopo qualche giorno non ci pensò più; riordinò le cose rinchiuse nelle valige, si rallegrò degli abiti e dei mantelli che avrebbe avuto modo di indossare, tornò a leggere alcuni libri che si era portata, tra i suoi preferiti. Non scrisse a lungo come aveva promesso a sua madre, non le andava di parlare dell'incontro con il capitano e del resto era quello l'episodio che più aveva per lei rilievo fino ad allora durante il viaggio. Le sue lettere erano affettuose ma ovvie; del matrimonio non scriveva, quasi che si trattasse di un argomento da evitare, per scaramanzia. Ma in cuor suo si domandava il motivo di aver accettato così in fretta di sposare il cugino; attribuiva quell'accettazione alla possibilità di ricostituire l'azienda del padre riunendola a quella dei parenti, com'era stata fino alla sua morte. Quando si accetta un piccolo orizzonte come l'unico possibile, non si vede nient'altro che quello e la sua dimensione. Così era per Maria, che fino ad allora aveva considerato quell'orizzonte. Un mattino radioso la induceva ad andare in uno di quei corridoi riparati dal vento che seguono la linea della nave, al tempo stesso facendoti sfiorare dal sole. Si era portata un libro, ma dopo un po' si era addormentata. La svegliò una voce robusta che con tono giocoso la invitava a svegliarsi. Era lui, il capitano che le si parò davanti illuminato dal sole. "Posso sedermi accanto a lei, madame del Monte?" le chiese scherzosamente, e intanto si era seduto sulla chaise-longue vicina a quella di Maria e la guardava con affettuosa ironia. "Sembra che questo ben sole dell'Atlantico la faccia addormentare. Peccato, perché speravo di poter chiacchierare un po' con lei. Ma se preferisce dormire..." e scoppiò in una bella risata, a cui Maria non potè rispondere che con altrettanta allegria. "Non vi siete più fatto vedere – scherzò Maria, ma davvero quella risposta le era venuta d'impulso, anche se non avrebbe voluto farla sapere al capitano. Non potè quindi non esclamarla, mentre arrossiva suo malgrado. E per distogliere il discorso da quella risposta pericolosa, esclamò: "Non vi siete fatto più vedere!"

Era vero, il capitano passava dall'accusa alla colpevolezza: Maria lo guardava con l'aria di un'accusatrice. "Venite con me – disse lui con un cenno indicandole di alzarsi – e vi farò vedere dove sono sparito in questi giorni".
Docile e incuriosita, Maria lo seguì da una porticina che immetteva con una scaletta profonda ai sotterranei della nave. D'improvviso si trovò in mezzo a dei motori che producevano un rullio particolare; uomini accaldati mostravano i segni di un lavoro costante che li macchiava di grasso; parvero stupiti dell'arrivo del capitano, ma a un suo cenno si tranquillizzarono, capirono che era venuto soltanto per mostrare che tutto andava bene. "L'altro giorno – gridò il capitano per farsi sentire al di sopra del rumore – questi motori si erano fermati, la nave ha avuto uno scossone che ci ha preoccupato... loro (e indicò gli uomini ai motori) mi avevano subito chiamato, ma non riuscivamo a mettere in moto tutto quanto, soltanto una parte...".
Si rivolse agli uomini che nel frastuono diedero segni di assenso a quanto detto dall'ufficiale; lui fece un segno affermativo precedendo Maria fra i motori. Camminarono per un po' guardando da una parte e dall'altra, mentre il capitano indicava ora questo ora quel motore, finché non si trovarono ad una scaletta che portava verso l'alto. Con delicatezza lui sollevò Maria per evitarle la fatica della salita; in un attimo furono di sopra; l'aria marina li investì, si affacciarono al parapetto, lo sguardo immerso nel mare. "Per sistemare quei motori ci ho passato le notti: era

andato a finire uno straccio negli ingranaggi, per fortuna l'ho tirato fuori ed è ripartito tutto quanto".

Per arrivare alla conclusione, il capitano spiegò quanto avevano dovuto penare per capire da che cosa era derivato il guasto, e finalmente sistemare l'arresto con una cosa da nulla, che avrebbe potuto pregiudicare addirittura il viaggio. "Da una piccola cosa può derivare un grosso incidente – riflettè Maria -, per questo non vi ho più visto nei giorni scorsi". "Non vedevo l'ora che tutto fosse andato a posto – disse il capitano con impeto, e quasi si pentì di quel tono confidenziale, così tacque. Maria non osò replicare, sentiva la stretta protettiva dell'ufficiale che l'aveva sostenuta nella salita e vi si appoggiò ancora, pur essendo arrivati di sopra. Tra i due passò un brivido, lo sentirono entrambi e non osarono staccarsi. Il vento marino li riportò alla realtà. Il capitano depose Maria su di una chaise-longue e le si sedette accanto, mentre una mano restò a stringere quella di lei. Erano in preda a un turbamento che entrambi avrebbero voluto continuare nel tempo. Perciò tacevano per non interromperlo. Le voci dalla scaletta reclamavano il capitano; di scatto lui si alzò, si precipitò sotto, Maria avvertì un insieme di voci che si allontanavano. Non voleva rimanere dove forse lui sarebbe ritornato; preferì raggiungere la sua cabina e mettersi a leggere, allontanando ogni pensiero, anche se ci riusciva con difficoltà.

Nel pomeriggio un cameriere le portò un biglietto: era indirizzato a madame del Monte, a cui il capitano rivolgeva l'invito per la cena, al tavolo degli ufficiali. Era evidente la delicatezza con cui aveva formulato la richiesta, segnalando che con lui ci sarebbero stati anche gli ufficiali a lui sottoposti. Maria aveva perso la sua sicurezza circa il viaggio che aveva intrapreso. Si stupì della leggerezza con cui si stava sfaldando il suo progetto matrimoniale, forse per un'illusione dettata dal clima avventuroso di un incontro per mare. Si rallegrò di non dover incontrare da solo il capitano, né di doverlo evitare, facendolo rientrare in una normale conoscenza durante una crociera. All'ora stabilita Maria scese nel salone delle cene e trovò ad attenderla i tre magnifici ufficiali, fra cui spiccava il capitano Bertozzi. Si fecero le presentazioni, si destinarono i posti, si scelse il menù, la conversazione si avviò cordiale e rivolta agli argomenti più banali, senza pericolo di entrare in discorsi compromettenti. Alla fine arrivò anche una torta offerta da un compleanno, e la serata finì con un allegro flute di champagne. Si trattava di accompagnare Maria alla sua cabina; andava scelto chi l'avrebbe scortata, se tutti e tre o se soltanto il capitano. La decisione si semplificò quando, alzatisi dai loro posti, i due ufficiali dichiararono di essere di turno in coperta, mentre il capitano era libero. Si salutarono tutti quanti con effusioni e complimenti e ciascuno prese la sua strada. Era proprio quello che voleva il capitano – era stato lui a decidere i turni di guardia –, ed era proprio quello che sperava Maria, pur volendo al contrario non restare sola con lui. Quando i due ufficiali si furono allontanati, calò il silenzio; il leggero ticchettio dei tacchi dell'uno e dell'altra pareva un rumore gigantesco rispetto all'assenza delle voci.

D'improvviso il capitano si fermò, prese alla vita Maria e la baciò.

Lei si lasciò andare come se non avesse aspettato altro. "Sono felice – disse staccandosi dal bacio – e sono in un bel pasticcio". "Per fortuna io no – esclamò con tono gioioso il capitano, non mi aspetta nessuna cugina, sono riuscito a tenermi lontano da impegni con fidanzate, non ne avevo ancora trovato una che meritasse". "Cosa devo dirgli? – Maria aveva il tono della preghiera – Mi devi aiutare. C'è tutta la famiglia ad aspettarmi. Saranno sul molo, mio cugino in testa...". "Lo sposo! – esclamò il capitano – e pensare che mi definiscono l'anarchico." Non so niente di te – disse Maria rispondendo al bacio – Sei un anarchico?" "Erede di Carlo Cafiero – aggiunse lui – ho passato anni a lavorare con loro nelle cave di marmo". "Ma poi hai fatto l'ufficiale?" Ho fatto tanti altri mestieri... E poi la scuola per ufficiali". Prese un atteggiamento rigido, lasciando la vita di Maria, battè i tacchi e portò la mano alla visiera. Quella sera, vestito di blu con bottoni d'oro, era particolarmente affascinante. "Allora, mi vuoi sposare? Non mi hai ancora risposto".

"Ho rinunciato al cugino – ribattè lei veloce – e vuoi che non accetti te? Ma adesso lasciamoci, sono troppo sconvolta, ho bisogno di star sola". Quasi gli sfuggì dalle mani, corse via, la notte la inghiottì. Appena privato dalla presenza di Maria, il capitano ritrovò tutta la sua lucidità.

"Oh! Devo scrivere subito a Margherita. Non voglio tenerla impegnata, in fondo era un gioco.... Piuttosto Giuditta, che il patto è scaduto e non ci dobbiamo più sentire legati...". Sospirò di soddisfazione. "Maria! È lei che amo, con tutte le mie forze! Abbiamo ancora una settimana prima dell'arrivo a Buenos Aires. Il tempo sufficiente per mettere ogni cosa a posto, e ripartire per l'Italia. Sono distrutto dalle emozioni. Domani mattina sarò di turno. Meglio andare a dormire." Veloce si precipitò in una delle scalette e scomparve nel buio.

Era una mattinata di sole e il porto di Buenos Aires sfavillava. Dalla nave si indovinavano i colori vistosi delle donne e i mantelli scuri degli uomini. Era l'estate festosa che corrispondeva all'inverno appena lasciato in Italia e i passeggeri godevano di quel calore e si disponevano con i bagagli a mano a scendere sulla banchina.
Il capitano era indaffarato a dare ordini. Con Maria avevano già disposto il piano per giustificare il totale cambiamento di programma senza offendere il cugino fidanzato e l'intera famiglia in attesa della sposa. Meglio motivare subito la nuova decisione che umiliare dopo il diniego al matrimonio. Vedere Maria allontanarsi con un piccolo gruppo di passeggeri e raggiungere la riva strinse il cuore del capitano, che per un attimo si distrasse dalle sue incombenze e pensò a lei, e al rischio di perderla per chissà quali

convinzioni il cugino e tutta la famiglia avrebbero architettato nel volerla tenere con loro.

In tutta quella confusione immaginava gli abbracci, le feste, il ricevimento carico di affetti per quella ragazza che li ricongiungeva idealmente all'Italia. Poi non ci pensò più. Nel suo credo anarchico era abituato a sostenere con forza le proprie idee e a non cedere ai sentimenti, niente avrebbe potuto farlo rinunciare a Maria.

Una pattuglia compatta di uomini e donne dall'aspetto distinto avanzava verso Maria; era capeggiata da un giovane biondo che sembrava saperne più degli altri, e quindi puntò dritto alla ragazza gridando "Maria Maria Mariaaa" finchè quella non affrettò il passo precipitandosi nelle sue braccia con esclamazioni di affetto. Due carrozze a cavalli erano pronte a caricarli; vi salirono svelti chi di qua che di là; per i bagagli avevano già dato l'indirizzo. Arrivarono a casa e subito cominciarono le presentazioni. Ciascuno si aiutava con le fotografie che aveva ricevuto... la zia di... il padre... la mamma di... e poi le cugine ... e i mariti. E soprattutto Angelino, il giovane fidanzato, rimasto ad ammirare Maria incantato, baciandole le mani.

"Angel – azzardò Maria – mi sembra ieri che giocavamo insieme...".

"Anche a me – rispose Angel – sempre noi due giocavamo insieme...". "Insieme come due cuginetti...", replicò Maria, calcando la mano a quella parentela... Perché lo siamo, cuginetti...".

"Io mi sentivo addirittura tuo fratello" replicò Angel – "Due fratelli".

- Si guardarono l'un l'altro – "Io mi sento ancora tuo fratello - calcò la mano Maria – "E tu?" Angel non voleva essere da meno nel ricordo dell'affetto. "Anch'io, mia sorellina" e poi ad alta voce, in mezzo alla confusione dei parenti, proclamò "Maria è la mia sorellina". Ci fu un silenzio gelido caduto di colpo sul brusio allegro di poco prima. La voce del parroco invitato fra gli ospiti si alzò a rompere il silenzio: "Ma come vi potete sposare, miei cari ragazzi, se vi sentite fratello e sorella?". Il silenzio proseguì, fra l'imbarazzo generale. Fu il parroco a sciogliere quell'atmosfera inaspettata. "Bene bene – esordì – abbiamo due giovani meravigliosi, che daranno prova di saggezza. La vita è piena di imprevisti, oggi assistiamo a questo straordinario incontro che suggella l'affetto di due giovani, quasi fratelli. Festeggiamoli nella saggezza che li ha portati ad affermare la loro fratellanza." Fece un gesto di comando verso la folla dei parenti e questi si slanciarono in un applauso convinto.

"E adesso festeggiamo con il pranzo preparato dalla mamma di Angel!". Tutti si slanciarono alla sala da pranzo e si provvidero del meglio. Maria riuscì a guadagnare un angolo lontano dalla folla. Fece segno ad Angel, che le si avvicinò. "Meglio così, non credi? – gli disse in tono confidenziale -, meglio adesso che dopo". "Ti vorrò sempre bene! – esclamò Angel – ma sono d'accordo con te."

"I bauli, rimandateli sulla nave – sapranno cosa farne" disse sbrigativamente Maria. Diede un bacio su una guancia ad Angel, montò su una delle due carrozze e "Al porto!" disse imperativamente al cocchiere, che partì al nitrito del cavallo.

Giunta sulla nave cercò di lui. Lo incrociò per caso. Lui la abbracciò stretta, fissandola negli occhi, in silenzio. poi rapido, sottovoce, disse: "Voi Maria del Monte, volete sposare il qui presente Giovanni Bertozzi?" Senza un attimo di esitazione, lei rispose veloce "Sì"; poi " E voi Giovanni Bertozzi, volete sposare la qui presente Maria del Monte?". Subito risuonò il "Sì" del capitano. I due si presero per mano e fuggirono infilandosi in una scaletta in modo da far perdere le loro tracce.

STORIA DI GIOVANNI BERTOZZI
CAPITANO

Nell'ampia casa della famiglia che dava sul mare, al piano terreno c'era una vasta apertura che sprofondava in un sotterraneo.

Scendendo le scalette intagliate nella pietra – segno che la costruzione aveva resistito nei secoli per la materia di cui era fatta – il clima cambiava. Una piacevole frescura invadeva chi vi stava scendendo; l'aria aveva il profumo delle tante cose depositate laggiù, caschi di banane, pompelmi, strani frutti lucidissimi da sembrare di alabastro ma subito riconosciuti se accostati al volto per il loro profumo.

Chi aveva la possibilità di scendere in quel luogo era la mamma, che raccomandava ai bambini di non andarci, perché temeva che avrebbero preso qualche primizia o qualche dolciume dalle scatole accumulate una sopra l'altra.

Tutta quella roba che dava l'aria di un tesoro proveniva dagli spostamenti intercontinentale del padre. La vita era cambiata da quando l'intraprendente viaggiatrice incontrata sulla nave e diretta a Buenos Aires per sposarsi laggiù, aveva cambiato piano e nel viaggio di ritorno era ritornata con il capitano. Poco dopo si erano fatte le nozze, accolte con grande giubilo dalla madre che si era sacrificata ad avere l'unica figlia lontana, e se la vedeva ritornare felice, con un programma ribaltato. Anche la vecchia zia Nina, che abitava con la sorella, era contenta del ritorno della nipote, l'unica di famiglia che la ascoltasse ogni tanto, quando reclamava un po' di attenzione dalla sua solitudine. In gioventù era stata bella e disposta a mettere la sua vita nell'imprevisto. Era innamorata pazza di un ufficiale che veniva dal sud, ma era disposta a trasferirsi in un paese così diverso da quello della sua educazione nordica, pur di realizzare il suo sogno. Sfoggiava una grande bellezza e l'ufficiale era felice di sposarla. Ma era arrivata la chiamata alle armi e la proibizione di contrarre matrimonio fino alla fine della guerra. L'unico ricordo che Nina aveva del suo ufficiale, dopo tanti anni, era che lei l'aveva accompagnato alla stazione e che lui salendo sul treno le aveva detto "L'ultimo bacio ce lo daremo poi", proseguendo nell'attesa il loro amore. Poi le aveva sporto uno scatolino – era timido, non aveva avuto il coraggio di darglielo prima -, e lei ne aveva tirato fuori un bellissimo anello: quella vista, aveva pensato l'ufficiale, l'avrebbe distolta dalla commozione dell'addio. Ora, dopo tanti anni, quell'anello stava ancora nelle mani di Nina, che lo rigirava sentendo la presenza dell'amato in quel muoversi a contatto con le sue dita. L'ufficiale non era tornato, sparito nel nulla, disperso, più facilmente morto come la maggioranza dei ragazzi partiti per la guerra. Quell'affetto carico di desiderio si era mutato col tempo in una devozione religiosa, espressa con la ripetizione di giaculatorie che parevano calmare a Nina una solitudine scesa in lei alla scomparsa dell'ufficiale. Motivo di allegria erano i quattro ragazzini suoi nipoti, che disobbedendo alla madre scendevano nell'antro carico di delizie e facevano man bassa, badando a non rendere palesi le loro ruberie.

Ma più che originale riusciva ad essere l'insieme di quel gruppo familiare la presenza sporadica del capitano, che arrivava dai paesi più lontani dopo settimane di assenza dovuta alla traversata dell'Atlantico. Quando tornava era una festa. Non c'erano limiti a provare i cibi più strani che il capitano faceva scaricare dai suoi marinai. Delle volte non si trattava di frutta o di dolci, ma di animali. Erano la gioia dei bambini; con entusiasmo, rassicurati dal padre, giocavano con animali mai visti prima, portati da paesi lontani. Il maggior successo ebbe l'arrivo di una scimmia. Pareva un gatto dal corpo dinoccolato, minuta e frenetica nei movimenti. Saltava sulle spalle dei bambini e gli scompigliava i capelli. Con il gatto fece un sodalizio: si spulciavano reciprocamente e se ne andavano in giro uno sopra l'altro rincorrendosi. L'animale che interessava di più era il pappagallo. Già ammirato per gli splendidi colori del piumaggio, raggiunse vette di entusiasmo quando scoprirono che parlava, non sapevano che i suoni analoghi a quelli umani erano frutto di combinazioni che non avevano a che fare con le corde vocali.

E quando si resero conto che non avevano nulla da temere dal variopinto compagno di giochi, ne risero approfittandone ancora di più. C'erano momenti in cui la mamma era fuori casa. Raccomandava loro di non riempirsi di frutta e di dolci, li invitava a tener d'occhio gli animali che lasciati incustoditi potevano combinare dei guai, e partiva per le sue spese. Il pappagallo osservava le mosse di tutti, saltellando di qua e di là. Quando erano i suoi giorni di licenza, il capitano si divertiva coi bambini: vedeva come ognuno di loro si appropriava di qualcosa di goloso, e poi rivolto al pappagallo gli diceva "Non dirlo alla mamma!", perché credeva che il pappagallo capisse, mentre il povero uccello ripeteva meccanicamente il suono senza averne coscienza. Naturalmente il pappagallo, appena rientrava la mamma, si sfogava a dire tutto quello che aveva imparato, fra cui la fatidica frase "Non dirlo alla mamma!" che suscitava i sospetti di lei e un interrogatorio per sapere chi non doveva dirlo alla mamma, e che cosa. Erano piccole battute su cui tutti ridevano perché si trattava di un gioco. Non di gioco si trattò una volta, ma di un fatto che rasentò la tragedia.

Come al solito il capitano era rientrato da uno dei suoi viaggi, aveva portato frutta, cibarie esotiche e una serie di pacchi che vennero riposti con cura sul fondo del sotterraneo, perché non si trattava di materiali deteriorabili, così ben rinchiusi come erano.

Il capitano era al porto per acquisti da mandare sulla nave per la partenza un paio di settimane dopo. Felice di avere il marito qualche giorno con lei, Maria si dava da fare per rendere gradevole il suo soggiorno; anche del sotterraneo si era occupata per mettere in risalto le tante cose che lui vi aveva portato. Si addentrò sul fondo dove non arrivava mai, incuriosita da tutte quelle scatole che pensava avrebbe aperto lui quando lo avesse ritenuto necessario. Pensò a scatole di sigari, bottiglie di whisky, elementi maschili. Le era venuta la tentazione di aprire quei pacchi, e di scovarvi qualche novità. Togliendo una serie di scatole, si stupì di trovarvi sotto un oggetto di legno, una specie di piccolo comodino chiuso a chiave.

La chiave però era appesa alla porticina, Maria rise per la cautela di chi si era poi distratto nel rendere sicuro quell'oggetto. E aprì la porticina. Una cascata di foglietti, cartoline, buste e bustine scese dal mobiletto aperto, stipato e quindi svuotato per la mancanza di compressione della porticina aperta. Maria rimase bloccata da quella cascata che continuava a scendere con sempre maggior calma, finché non ci fu più nessuna carta rimasta all'interno, e l'ultima cartolina profumata toccò il terreno con un piccolo sospiro. Con gli occhi rivolti a quell'innumerevole insieme, Maria non aveva il coraggio di farsi una domanda su che cosa significasse quella massa di carte e perché si trovasse lì.

Ma di colpo un orribile sospetto si impadronì di lei e la spinse a raggiungere l'insieme sul pavimento, prendendo una manciata di quelle carte e cominciando a sfogliarle. "Tanti baci", "Ti aspetto", "È stato bello", "Avec mon amour", "Solo con te", "Kiss", "Quando torni?". Maria cominciò a soffermarsi sui significati, quelli che davano l'idea di un unico incontro, e altri che lasciavano intravedere una relazione ripetuta.

Avida all'inizio di leggere e di sapere, ne fu sazia al ripetersi delle esternazioni amorose. Era evidente che il capitano non sopportava la solitudine, e ad ogni viaggio sceglieva la più appetibile delle signore per farsi un po' di compagnia. Sceglieva delle donne sposate, perché non aveva mai trascurato di scrivere a Maria raccontandole il viaggio e esprimendo il desiderio di tornare presto da lei. L'aveva corteggiata nel viaggio alla volta di Buenos Aires, ma poi l'aveva sposata e aveva fatto dei figli con lei, ad ogni ritorno sempre affettuoso e innamorato.

Era vero tutto questo, Maria doveva riconoscerlo. Man mano che rifletteva, trovava quella sorpresa dei biglietti per niente offensiva per lei; pensava alle settimane di solitudine del capitano e immaginava che qualche chiacchierata, qualche ballo o cena con un paio di signore non potesse nuocere alla sua dignità. Del resto, com'era stato corretto con lei durante quel loro viaggio, nonostante l'amore vero che era poi sfociato nel matrimonio, così poteva pensare a dei semplici svaghi da crociera. E quando il capitano tornò dal porto, lei gli andò incontro sorridendo e gli disse: "Il comodino si è aperto. Ti consiglio di chiuderlo a chiave, altrimenti si sparpaglia tutto". E prendendogli il viso fra le mani, lo baciò a lungo ricambiato da lui.

STORIA DI LINA
una mannequin

Non che ci credesse, Lina. Ma lo faceva per gioco, di avere timore per un avvenimento incombente che lui, GD, non poteva rifiutare di tenerne conto. Perché era geloso. E allora quella segreta minaccia, di una sigla che l'avrebbe coinvolto in un matrimonio ancora da accettare, lo impauriva, anche se, quando lei lo minacciava, rideva negando di crederci.

E poi, perché spaventarsi? Lina gli piaceva. Aveva una discreta fortuna per poter prevedere una vita in comune con tutto quello che serviva a mettere su casa. Storie, avventure, fidanzamenti ne aveva avuti tanti da esserne stufo. Era un po' una specie di pregiudizio a trattenerlo dal decidere: che fosse Lina, trionfante, a riconoscere che quella previsione la faceva lei e che quindi lui fosse obbligato, non libero, a decidere di sposarla perché così era stato stabilito da che? Dal destino, dalla sorte, dagli astri... lei rideva, ben sapendo che quella ostinazione fosse frutto di una chiacchierata con una di quelle maghe che stanno nei vicoli di Genova e talvolta predicono cose che accadono. Ecco, si era fissata in quella previsione, era un modo per tenere legato il ricco innamorato, ancora indeciso se impegnarsi o no.

Del resto, non che a lei non importasse. Ma aveva mille cose ancora da godersi prima di accettare di sposarsi. Nel vasto negozio sotto la galleria la grande casa di mode le offriva di sfilare i modelli più esclusivi. E c'erano anche i viaggi, per mostrare i modelli a Parigi, a Venezia, a Milano. Era divertente essere invitata nei più bei ristoranti, dopo le sfilate, entrare nelle case più ricche, o in quelle dei politici, e curiosare in una vita che se avesse sposato lui, sarebbe stata davvero la sua, non il piccolo assaggio di un mondo a cui lei si prestava. Tornata da una lunga tournée, gli sembrò più affettuoso del solito. Andò a prenderla a casa e si presentò con una scintillante Limousine bianca al posto della vecchia Lancia stagionata. C'era una sfilata di automobili sulla passeggiata a mare, lui era invitato, per questo la macchina era infiorata di viole e mimose. Lei mise un abito che ne metteva in risalto tutta la bellezza, così aderente l'abito era l'ideale per il suo corpo. Sfilarono allegri fino al tramonto. Lei doveva partire il giorno dopo per Parigi, il solito viaggio che le chiedeva come un favore la padrona dell'atelier. E in effetti, oltre alla sfilata che costituiva un lavoro a cui era abituata, doveva imbottirsi di reggiseni mutandine e sottovesti finemente lavorati in pizzi e seta, tutta roba che se avesse pagato alla dogana sarebbe stata di altissimo prezzo; a quell'epoca il passaggio da uno Stato all'altro comportava questa pratica, e il corpo di Lina consentiva la sovrapposizione di questi indumenti intimi senza che se ne avesse l'idea. Partì con il gusto della sfilata, non le pesò la complicazione delle "combineuses" – quanto rideva con le ragazze del laboratorio per quelle sovrapposizioni!- e fu contenta che i pochi giorni del viaggio passassero in fretta, perché desiderava tornare da lui. E anche lui aveva qualcosa da dirle.

Giocava in borsa, GD, e lo faceva con una sfrontatezza che soltanto un uomo ricco poteva permettersi, con il rischio quotidiano di perdere. Ma lui perdeva di rado, accorto com'era, con informatori, spie e frequentatori di banche, e soprattutto una notevole intuizione accompagnata da una accorta parsimonia nel decidere che cosa rischiare. Ormai aveva messo da parte un capitale rispettabile e poteva tranquillamente godersi la vita. Ma per godersela davvero le mancava Lina. Lei, sicuro di non perderla, con quella libertà di partecipare alle sfilate, di andarsene in giro per il mondo, e di frequentare quanti incontrava in quei viaggi avventurosi. Lina aveva accettato di fare una lunga tournée, sarebbe stata fuori per qualche mese, e le fece piacere che lui dimostrasse di soffrirne. Intanto GD segretamente organizzava quel tempo di solitudine per preparare il ritorno di lei e i preparativi del matrimonio. Voleva comprare una villa sul mare, ma per farlo doveva rischiare il patrimonio messo da parte, sul quale aveva deciso di non contare più. E voleva anche superare i desideri di lei, offrendole più di quanto volesse. Voleva comprare un piccolo yacht per raggiungere beatamente la villa per mare. Lina arrivava da Parigi. GD andò a prenderla alla stazione, non poteva resistere di non vederla subito. Con pazienza, nonostante la stanchezza, lei accettò di andare subito a cena. Le piaceva tutto quell'entusiasmo, ma era stanca da morire, e lo seguì docile senza prevedere sorprese. A tavola lui non si trattenne più. Le raccontò della villa e dello yacht, le disse che tutto era per lei, non gli importava che le cifre del suo nome corrispondessero alla previsione della loro unione, ciò che contava era che lei volesse sposarlo. Ora che non scherzavano, l'idea della corrispondenza delle cifre con il nome di lui la impaurirono, come se fosse un imperativo misterioso a decidere indipendentemente dalla sua volontà. La maga aveva insistito che avrebbe sposato un CD, lei non voleva saperne di più. Bastava a rendere credibile la previsione della maga che le cifre fossero quelle.

Cominciarono i preparativi. Lina doveva soltanto presentare dei modelli di abiti in città, lui andava a prenderla alla sera, avevano da dirsi mille cose che erano capitate nel corso della giornata, il rapporto fra di loro si faceva intenso. Sarebbero andati ad abitare da lui nel periodo in cui si stava ultimando la strutturazione della villa. La soluzione sapeva un po' di avventura e i lavori potevano essere fatti con comodo. Lui le regalò due magnifici anelli, uno con uno zaffiro, per celebrare il fidanzamento, l'altro con un diamante: "Tienilo da parte – le disse – in un momento della vita può servire". Lei si stupì di quella frase, ma sorrise contenta del dono e non ci pensò più. Passarono mesi gremiti di impegni. CD si era fatto pensieroso, si scusava con Lina di trascurarla, ma lei capiva la mole di responsabilità che era sulle spalle di lui e non si lamentava. Poi, d'improvviso, scoppiò l'imprevisto. La banca era crollata. I giornali americani parlavano di tragedia. Ben presto la situazione raggiunse l'Europa intera e chi aveva risparmiato qualche capitale cercava dove rifugiarsi. Erano le case a mantenere il loro valore, l'oro, i gioielli. CD aveva investito tutto nella casa, nello yacht, ma di quei bene non era ancora in possesso, tutto era proiettato nel futuro. Le fece sapere che l'aspettava a casa. Lei lo trovò sconvolto, con una serenità innaturale. Le disse: "Non abbiamo più niente". Lei taceva, incapace di rispondere in qualche modo ragionevole. Sentiva che aveva qualcosa da dirle, che non aveva il coraggio di esprimere. "Volevo farti felice, non voglio farti infelice". E poi di colpo, con il coraggio meditato da tempo: " Suicidiamoci insieme!". A questa frase, Lina riprese tutta la sua vivacità. Balzò in piedi gridando "Ma sei matto?" e gli diede uno schiaffo. Poi si fece raccontare la situazione, e si rese conto che CD era davvero in una condizione critica. Non gli impediva però di tenerci alla vita e di non essere così legata a lui da volerla sacrificare per condividere una sua scelta. Per calmarlo gli promise di pensarci e lo esortò a sua volta di rifletterci. Poi prudentemente decise di tornare ad abitare a casa sua, incontrandolo soltanto alla sera per la cena, certo non avrebbe inscenato un suicidio in pubblico. Pareva averne abbandonato l'idea, quando le disse che doveva partire per l'America: l'avevano invitato per un ciclo di conferenze stimandolo per un esperto giocatore di borsa; lui lo era davvero, ma la situazione avrebbe travolto chiunque, si affidò alla sua fama, non disse della sua situazione fallimentare e si imbarcò. Sperava che lei lo avrebbe aspettato, ma Lina ci teneva troppo alla sicurezza della sua persona e dopo averlo tranquillizzato, chiuse casa e cambiò città. La casa di mode aveva una succursale a Torino, concertò con la padrona di lavorare là, mantenendo anche il negozio. Per la casa scambiò la sua con una mannequin che le diede in cambio quella che lasciava a Torino, e si addentrò nella nuova vita come rinascendo da un incubo. Presto si creò delle amicizie. Le signore che frequentavano la sartoria erano sposate con personaggi della finanza, gente molto cauta nell'ambito degli affari, agenti di cambio e direttori di banca; la presero in simpatia, per loro così ricche farsi fare uno sconto su di un abito era un successo più sproporzionato del suo valore, rappresentava una soddisfazione personale. Così Lina era entrata nel giro di quelle amicizie. Pur essendo ricchi amavano frequentare le sale da ballo pubbliche, non dovevano invitare a casa loro né tener conto di chi invitare. Le signore si fidavano della loro mannequin perché non cercava un uomo già impegnato: dopo la bruciatura con CD voleva andar cauta ad impegnarsi. Finché un giorno capitò in negozio un giovane dall'aria distinta e dalla parlata cordiale: voleva un abito per sua madre, una cosa elegante ma non vistosa, le chiese se poteva provarlo lei, era un favore, ma Lina fu contenta di indossare il vestito. Il giovane rimase incantato dalla prova di Lina: sua madre avrebbe perso alcuni anni con quel vestito. Presero a chiacchierare, lui lavorava in banca, ma era molto giovane, la carriera era tutta da fare. Lei raccontò appena il necessario per non essere scortese, disse che si era trasferita da poco perché glielo aveva chiesto la casa di mode. Aveva una zia a cui era molto affezionata e lei era tutta la sua famiglia. Il giovane se ne andò contento dell'abito ma soprattutto dell'aver conosciuto Lina, che gli aveva destato un'attrazione insolita, lui che di solito si teneva sulle sue per non volersi impegnare con una donna per non condizionare la carriera. Ritornò qualche giorno dopo molto allegro, il regalo era stato graditissimo, la madre dopo il compleanno non aveva smesso di indossarlo, e lui si era stupito della figura che faceva ancora, nonostante l'età. Rimase a chiacchierare un bel po', guardando gli abiti esposti. Lina glieli esibiva con piacere, ma lui le aveva confessato che per un po' avrebbe dovuto rinunciare ad altri acquisti, i soldi che guadagnava gli bastavano appena per vivere. Lina lo rassicurò, poteva venire quando voleva, anche senza comprare; dopo qualche settimana ci sarebbe stata una liquidazione e allora, forse, qualche cosa avrebbe potuto prendere. Con la scusa degli abiti con il giovane andava spesso alla casa di mode; quando era lì si dimenticava del motivo per cui era entrato, e si metteva a chiacchierare con Lina degli argomenti più diversi. Era molto colto, da ragazzo aveva conosciuto parecchi paesi; aveva viaggiato tutto solo o con qualche amico scout, adesso voleva specializzarsi in economia, materia che gli avrebbe aperto la carriera in banca. Nella premura di inserire un argomento dietro l'altro si

erano dimenticati di scambiarsi i nomi. Una sera
che si era fermato fino a tardi, mentre stava andando via le chiese come si chiamava, disse il suo
nome e anche il cognome per precipitarsi poi
fuori - stava arrivando l'ultimo pullmann - e sparì
nella notte. Dopo un attimo di smarrimento Lina
realizzò che le cifre iniziali del nome e del cognome corrispondevano a quelle che l'avevano per-
seguitata con l'antico fidanzato e ora riapparivano
minacciose. Il mattino dopo chiamò la zia Anna,
che venisse subito da lei. Zia Anna era sfuggita
alle manie religiose della sorella e aveva lasciato
Genova anche lei per Torino. Aveva sposato un
modesto operaio che si intendeva di lotte sindacali e il sollievo di quei discorsi l'avevano ripa-
gata del cambiamento. Faceva la sarta, e andava
sempre in giro con un mazzo di carte nella
borsetta. Era sorda e appena arrivava alla casa di
Lina suonava il campanello come una tromba
aggiungendo a gran voce "Zia Anna" pensando
che fosse Lina a non sentire, e non lei. Entrata, si
informò subito se c'erano delle novità. Sapeva
della storia del potenziale sucida e aveva con-
trollato, con il suo mazzo di carte che quelle cifre
ritornavano tenacemente come se circolasse
ancora con l'ipotesi del matrimonio.
Ma Lina saltando come un grillo le disse che se
ne era presentato un altro, con quelle cifre, uno
che le piaceva e che sperava non portasse la
maledizione dell'aspirante suicida. Zia Anna tirò
fuori dalla borsetta il mazzo di carte: accartocciate
e stinte manifestavano l'uso che se ne era fatto
negli anni, segreti e speranze, delusioni e conso-

lazioni, adesso dovevano parlare. Concentrata sulle carte, zia Anna borbottava parole incomprensibili, e via via che le metteva giù si illuminava di un giudizio positivo. Quando le carte furono tutte sul tavolo le contemplò con soddisfazione."Chiel'là a l'è andasne, a cunta pì. Ades ai n'a jè n'aut, ch'a va ben". Lina batté le mani saltando per la gioia. "È povero, però," gridò nell'orecchio di zia Anna. "Prest a sarà rich – disse lei guardando una carta in particolare e agitandola in faccia a Lina – A lu merita, a studia, a lu pìan an simpatia".Chiuse il mazzo con uno scatto sonoro. "Cuntenta?" fece rivolta alla nipote. "E adess piumse 'n cafè". Rimase a pranzo, raccontò del marito sempre in lotte sindacali, chiese della sorella maniaca religiosa e ringraziò il cielo di vivere a Torino. Si alzò decisa: "Is veduma. I t'am fase savei". Baciò la nipote e corse via com'era venuta. La sera CD si presentò al negozio, era con la madre che voleva conoscere Lina e gli abiti, con tutta la sua voglia di comprare. Erano cominciate le liquidazioni e Lina trovò un abito di bellissimo stile a poco prezzo. La madre volle provarlo, per fortuna le stava davvero bene, Lina si permise un ulteriore sconto e furono tutti contenti. Dopo quella presentazione la madre non si fece più vedere, aveva dato il suo consenso alla frequentazione del figlio e non desiderava di meglio che il ragazzo si sposasse con una donna autonoma e simpatica. Le cose fra i due andarono avanti. Presto si sposarono e lui fece carriera, come aveva predetto zia Anna.

FAVOLE

ERA UN PRIMO POMERIGGIO DI SOLE.

Era un primo pomeriggio di sole. In mezzo a un'aiuola appena fuori dal centro della città avevano scavato una buca. Era un terreno incolto di proprietà del Comune, che forse avrebbe voluto costruirci una struttura per qualche necessità.

Martina si avvicinò alla buca, incuriosita dalla grandezza dello scavo. Gli operai erano venuti al mattino e poi se n'erano andati, forse proseguire il giorno dopo. La buca si inoltrava sotto terra, diventando una galleria dopo lo scavo. Il sole intenso aveva abbacinato Martina che volentieri raggiunse la galleria illuminata dal riverbero della luce. E poco per volta vide con chiarezza lo scavo che si inoltrava in profondità: manteneva la possibilità di percorrerlo non essendo affatto ripido. Martina stupiva di tutto quel lavoro di scavo, ma guardando le pareti si rendeva conto che si trattava di vecchi lavori consolidati nel tempo.

Talvolta la parete si curvava rimanendo di un'ampiezza tale da poterla percorrere comodamente. Piccole anse si insinuavano come se celassero altre strade, ma poi finivano nel nulla, e la galleria continuava con andamenti bizzarri, curve, veloci discese e risalite a scalini. Dimentica di tutto, Martina seguiva l'andamento del percorso, stupita di scoprirlo non avendo mai immaginato che potesse esistere. L'aveva presa una vera e propria ansia nel vedere che quella galleria proseguiva come se non dovesse finire mai.

A sorpresa con un andamento brusco la strada si innalzava allargandosi a cono; ampi scalini permettevano di salirvi. Martina li percorse tutti, curiosa di vedere dove portavano quelle scale. E si trovò in un viale percorso da molte macchine; gente frettolosa andava e veniva protesa a qualche incombenza. Nessuno badava a lei, era come se fosse invisibile. Resasi conto di questa sua condizione, Martina cominciò ad osservare le persone. Erano vestite con fogge insolite, tessuti variopinti e grandi mantelli. Le macchine erano tutte coloratissime, le carrozzerie dalle forme strane, come di giocattoli giganti. Capì di essere arrivata a una terra lontana dalla sua; non si chiese come fosse accaduto, da quando era entrata nella buca erano passati, a suo giudizio, appena pochi minuti. Non si fece altre domande, ebbe soltanto il timore di restare in quel posto a lei estraneo e si ricacciò nel tombino da cui era arrivata al viale.

Con sollievo si ritrovò sugli scalini a chiocciola che l'avevano portata in superficie e vide che la galleria proseguiva come se non si fosse interrotta. Riprese a camminarvi come una cosa naturale. Camminò ancora per un bel po' percorrendo le curve che poi riprendevano dritte: il terreno era morbido ma sodo e finalmente a una svolta si impennò verso l'alto a cui arrivare attraverso ampi scalini. Fuori si assiepava una dovizia di alberi da frutto carichi e bellissimi. Martina non osò prenderne nessuno, la loro bellezza era così singolare da farle temere che non fossero veri, si limitò ad ammirarli: emanavano un profumo intensissimo, che invece di apprezzare mise Martina in allerta, come per un incanto. Ritrovò l'apertura da dove era risalita e vi entrò di nuovo svelta ripercorrendo gli scalini.

Appena discesa guardò sopra ma non vide più l'ampia apertura e provò sollievo nel non essersi trattenuta in quel frutteto incantato.

Si voltò indietro, fino ad allora non lo aveva fatto, si stupì di vedere appena la prima curva, dopo era come non ci fosse nulla. Non se ne preoccupò, davanti a lei la galleria proseguiva con il solito andamento bizzarro, e lei continuò a seguirla. Poco dopo la strada si divideva in due. In una delle parti si saliva quasi in maniera perpendicolare: sopra c'era un cristallo da cui si vedevano dei grattacieli che si slanciavano fra le nuvole, era un panorama suggestivo che ricordava una metropoli araba, l'altezza delle costruzioni non si confrontava con quelle delle nostre città, ma il cristallo lasciava solo intravedere le loro altezze senza poterglisi avvicinare; se ne aveva una sensazione di disagio e al tempo stesso di fiaba, di impossibile struttura reale. Martina distolse lo sguardo dai grattacieli e discese veloce la scaletta, rischiando di cadere. D'improvviso aveva provato paura, quei grattacieli incombevano su di lei come niente prima l'aveva stupita, le era sembrato un gioco, ora voleva tornare al suo mondo. Svoltò nella galleria, la percorse per un tratto, indecisa, poi si voltò indietro. C'erano tracce di terra smossa, come se fosse stata scavata una buca, lì sopra. Né avanti né indietro c'erano gallerie, solo un bel po' di terra. Maria Luna vi si inerpicò affondando nel terriccio, e proseguì a risalire. Vide il cielo e capì di essere arrivata alla superficie. Si trovò in una specie di cratere circondato di terra. Su di un lato le pale degli operai che avevano scavato: tutto come aveva visto al mattino, incuriosita dalla buca; niente era cambiato. Si voltò a guardare in profondità, ma lo scavo si fermava dopo pochi metri, e sotto di esso non si apriva alcuna galleria. Eppure non dimenticava quello che aveva visto, le stranezze osservate mentre rimaneva invisibile. Era lei a non essere vista, o erano quelle immagini a non esistere? Appartenevano alla sua fantasia oppure esistevano in un mondo onirico suscitato da lei stessa? Non lo sapeva. Le sue scarpe erano infangate e aveva molto sonno.

IRPINA LAVAVA I PANNI PER TUTTO IL PAESE.

Irpina lavava i panni per tutto il paese. Non aveva nessuno, non si sapeva quanti anni avesse, né da dove venisse. Era difficile immaginare da quando le famiglie affidavano a lei le lenzuola, le tovaglie e tutto quanto di pesante avessero da lavare. Era ormai l'abitudine a mettere da parte i panni per quando passava Irpina a ritirarli, di solito riportando la roba lavata e messa ad asciugare prima di restituirla alle famiglie. Quasi tutte le donne di casa quando passava Irpina volevano che si fermasse un po' da loro, le faceva pena che fosse così sola e che lavorasse tutto il giorno senza avere neanche il tempo di prepararsi un pasto normale, anche se qualche soldo ce l'aveva da parte delle famiglie da cui andava, pochi soldi certo, ma onestamente tutti le davano quello che potevano per il lavoro che faceva per loro. Però Irpina non teneva quei soldi per sé, li dava tutti in elemosina portandoli in chiesa. Le donne quando passava per le case le offrivano un pasto caldo, ma lei rifiutava sorridendo: no, doveva lavorare, non poteva permettersi di mangiare quei cibi così buoni ma pesanti, scuoteva la testa, e dopo molti dinieghi finiva per accettare una mela, 'n pum, e qualche volta quando la padrona di casa insisteva, un pezzo di pane, 'toc 'd pan, e per lei era allora una festa. Perché in realtà Irpina non aveva un corpo vero e proprio, ma una leggera sagoma ondeggiante, e per questo non aveva bisogno di nutrirsi. Ricevere nuovi panni da lavare costituiva

per lei una gioia, il senso della vita utile, la ragione
per lei di esistere. Il lavaggio dei panni richiedeva
una preparazione prima che lei li affidasse alle sue
mani. Nella piccola casa in cui abitava, una stufa
di ghisa consumava la legna che Irpina racco-
glieva d'estate, quando andava nei boschi a
raccogliere more. Quella legna la riscaldava e al
tempo stesso le forniva la cenere per i bucati. Era
un vero e proprio rituale quello che Irpina insta-
urava con la legna, fresca di linfa all'inizio e di
frutti, poi secca per essere bruciata e scaldare il
freddo dell'inverno, infine essenziale per preparare nel grande mastello la cenere che con l'acqua
costituiva l'inizio del lavaggio per i bucati. Irpina
provava un piacere infantile a toccare la polvere
appena azzurra che il legno era diventato, si
sentiva unita alla natura affondandovi le mani nel
sentire quella freschezza impalpabile. Aveva
intanto scaldato l'acqua in un pentolone che a
stento riusciva a reggere, e vi versava la polvere
dove poi avrebbe contenuto il bucato. Delle volte
Irpina doveva ripetere questa procedura perché la
roba da lavare era tanta, ma non rifiutava mai i
panni di qualche famiglia, si limitava a sorridere
allargando le braccia con gli occhi spalancati in
segno di rassegnazione, ma anche di consenso.
"E adés?" diceva guardandosi intorno. C'era
sempre un ragazzo della famiglia che si offriva di
portarle i panni dove sarebbero stati lavati, al
torrente del mulino: sulla sponda che dava sotto
il ponte erano allineate delle lastre di pietra lisciate
dallo scorrere dell'acqua, ci si poteva inginoc-
chiare e appoggiare lenzuola e tovaglie senza

timore che sfuggissero nella corrente; se non c'era bisogno della cenere bastava il secchio pieno d'acqua scaldata, le cose più delicate strofinate sulla pietra comparivano di un bianco splendente con soddisfazione di Irpina.

Il gelo dell'inverno impediva ad altre donne di lavare al torrente; tutte si affidavano a Irpina che riusciva a utilizzare quella poca acqua calda immergendovi le mani mentre la corrente fredda trascinava via lo sporco dai panni. Il rapido agitarsi della sua personcina animava l'aria in una nuvola di vapore: era un segnale perché le trote del torrente saltassero fuori allegramente a salutarla, lei ne capiva il linguaggio nel veloce passaggio che le faceva rimbalzare sulle pietre per poi scomparire trascinate dalla corrente. D'inverno faceva buio presto, l'acqua dava l'illusione della luce nel tramontare del sole che vi batteva sopra. Irpina caricava i panni e il secchio vuoto sul carrettino che teneva sotto il ponte e si avviava verso casa. Prima di andare a dormire bisognava stendere. Proprio accanto alla sua casa c'era un vecchio fienile, lei vi aveva steso delle cordicelle da un lato all'altro e con facilità vi stendeva i suoi panni. Da un capo all'altro, da un capo all'altro, da un capo all'altro...Sventolavano le lenzuola alla leggera brezza che animava il fienile, il profumo dell'erba seccata si diffondeva all'intorno smosso dalle balle di fieno. Occorrevano due notti e due giorni perché il bucato d'inverno si asciugasse. Irpina lanciava uno sguardo di soddisfazione alla distesa dei panni ondeggianti e andava a dormire scaldandosi alla brace della stufetta. Al mattino del secondo giorno i panni erano quasi asciutti, se l'inverno era mite. Irpina passava fra le corde stese e controllava se delle lenzuola più pesanti erano umide, e allora lasciava che ancora per un po' si muovessero nell'aria, poi cominciava a ritirarli partendo dai più asciutti. Così ben ripiegati tenevano meno spazio di quando li aveva ritirati dalle donne; li suddivideva per famiglie – ognuna aveva un piccolo segno di riconoscimento, un filo colorato passato in un angolo – e poi cominciava a portarli alle varie case, dove si ripeteva il rituale del nuovo bucato da lavare, dell'offerta del pasto, del rifiuto sorridente fino all'accettazione del toc 'd pan.

Quando non doveva lavorare ai bucati, Irpina andava in chiesa.

Non per devozione, che lei si sentiva in pace con Dio e non stava tanto a pregare, sapeva che il suo lavoro era preghiera, quanto per trovarsi in un luogo di simboli, dove sentiva parlare il suo linguaggio: non parole, che servivano per esprimere le azioni della giornata, ma qualcosa dentro di sé, impossibile da avvertire se non con il silenzio. Le immagini che più ne esaltavano l'adesione ai simboli erano le vetrate. In esse non immagini di santi, ma simboli del Cristo, calici fiammeggianti, ostie che irradiavano luce, e colombe candide che parevano volare carezzate dai raggi del sole. Dopo la pittura delle arcate con i santi e gli angeli, le vetrate erano state l'ultimo abbellimento della chiesa. Erano mastri artigiani che venivano da lontano a fare quel lavoro.

Portavano i pezzi smontati, che avrebbero poi congiunto con delle strscioline di piombo, fino a realizzare la forma della finestra a cui la vetrata era destinata. Era quasi una bambina quando gli artigiani lavoravano sul sagrato della chiesa e poi si arrampicava fin su ai finestroni per sistemare la vetrata. Quel passato era così lontano che Irpina non ricordava più se allora aveva una famiglia, dove abitava e come si era svolta la sua vita. Era tutta in quell'oggi votato agli altri e in quel ritrovare sé stessa nei simboli della chiesa. Delle volte dimenticava che era l'ora in cui la chiesa chiudeva. Sperduta in una radiosa vetrata, gli occhi abbacinati dall'ultimo sole, non si accorgeva del prete che girava controllando ogni porta, per poi entrare in sacrestia senza vederla, tanto era abituato alla sua presenza da non distinguere più se era presente o se era andata via. Camminando verso casa era stata investita da un violento scroscio d'acqua inducendola a correre, anzi a volare, come a volte le succedeva avendo fretta; con sorpresa notò che da lei non pioveva. I panni appena stesi quella mattina oscillavano tranquilli, il fieno profumava: ne prese una manciata, la odorò rapita, da una tasca tirò fuori una mela, la addentò con soddisfazione sdraiandosi nel fienile, la vita era tutta qui.

Entrò in casa; la stufa era spenta, qualche brace mitonava sotto la cenere, la attizzò col ferro e quando fu incandescente lo fece sfrigolare nel bicchiere colmo di vino, aggiungendovi cannella, era l'unico lusso che si concedeva, quel bicchiere di vin brulé, e solo in rare occasioni. Si addormentò dopo il primo sorso, serena per la giornata trascorsa. Nella notte si scatenò un temporale improvviso. I fulmini illuminavano il fienile suscitando ombre paurose dalle lenzuola. Dalle sagome bianche si innalzava un sussurro, un parlottio che pareva di paura. Una palla di fuoco entrò all'improvviso penetrando nel fieno. In un attimo le fiamme si propagarono invadendo l'erba secca e un vento bruciante invase tutto lo spazio.

Irpina guardava impotente quello sfacelo. Temeva per le sue lenzuola, non c'era modo di bloccare il fuoco che divorava ogni cosa. Si sentì trascinare da una folata di vento, che la sollevò in aria e la portò fuori continuando a reggerla fino alla chiesa. Il paese dormiva, non si era accorto di quell'incendio che illuminava le strade tutt'intorno arrivando alla chiesa. Irpina si sentì sollevare in alto, all'altezza delle vetrate; una era semiaperta, vi entrò leggera. Era la vetrata da lei preferita, nel centro splendeva un calice su cui poggiava un'ostia: vi si aggrappò e si sentì salva. Una gioia nuova si impadronì di lei; guardò l'ostia e pregò, si sentì tutt'uno con i simboli del Cristo, chiuse gli occhi e scese in lei una pace infinita. Irpina si fondeva in quei simboli e sentiva invaderla una felicità mai provata prima. Doveva essere quella l'eternità.

Irpina dormiva di un sonno profondo che il vino aveva reso impenetrabile. In un attimo senza prendere coscienza fu avvolta dalle fiamme in un'unica onda di fuoco. Il rogo bruciò il fieno, i teli e ogni cosa fino a che non rimase che un'ampia distesa di cenere.

Così veloce fu l'incendio che il paese non se ne accorse. Soltanto all'alba, quando i contadini cominciavano ad andare in campagna e le donne a fare i lavori di casa, apparve loro il nulla che le fiamme avevano lasciato. Irpina non c'era; ma chissà dove sarà stata, si chiesero. Forse era rimasta in chiesa. Nella vetrata dove apparivano il calice e l'ostia, guardando con attenzione si vedeva sovrapposta la figura evanescente di Irpina. L'aveva portata il vento sollevandola dal fienile. Quante volte era salita fin lassù per immedesimarsi in quei simboli. Ora ne era diventata parte, e provava un piacere infinito.

Per lei era cominciata l'eternità.

LA COSA COMINCIÒ ALLA MESSA IN CIMITERO.

La cosa cominciò alla messa in cimitero. Le persone del paese erano venute camminando lentamente, alcune in automobile, specie se portavano gente anziana. Il prete era già arrivato e si dava da fare sull'altare aiutato dai seminaristi, mentre pian piano chi arrivava saliva gli scalini fino all'affresco del Cristo morto e si sceglieva un posto appoggiandosi alla balaustra. Non c'erano più spazi di sopra, chi entrava si disponeva nei vialetti in faccia all'altare. Alcuni tornavano da una visita alla tomba di famiglia, andavano a raggiungere qualche tomba di amici per un saluto e poi raggiungevano gente conosciuta, parenti, conoscenti.

Martina era venuta su con i genitori. Ma l'impazienza di essere autonoma e di andare a vedere quello che voleva lei l'aveva presto allontanata dai suoi. A un richiamo del padre tornò accanto a loro e vi rimase con il pensiero altrove, alla tomba di Betta, sua grande amica morta da pochi giorni. E improvvisamente si sentì staccata dal corpo e sollevata in volo fino alla tomba tutta adorna di corone che era ancora addobbata per il funerale. Non ebbe neanche il tempo di stupirsi per quel volo che si trovò di fronte a Betta, tutta allegra e ridente. "Speravo che tu venissi a trovarmi – le disse saltellando – qui ci vengo se qualcuno mi fa visita. Ma non mi faccio vedere – aggiunse subito - Con te è diverso. Non ti voglio perdere come amica." "E gli altri – replicò Martina perplessa, ma non intimorita – non mi vedono qui con te? E te, non ti vedono?". "È un privilegio che abbiamo noi due. Ma poi vedrai, si possono fare tante cose". Martina voleva sapere dove stava Betta. "È un posto meraviglioso – le disse -. Un posto che di più non potrei. Ma non posso descrivertelo". La guardò piena di ammirazione. "Dove ti sei lasciata?". Solo allora Martina si rese conto che il suo corpo stava accanto ai genitori e chiacchie-rava con loro. "Ma io sono qui o sono là? – chiese a Betta con un certo sgomento – Perché io sto parlando con te ma anche con i miei". "Non farci caso – la rassicurò Betta – qui stai sognando. e puoi fare quello che vuoi". Rise dandole una piccola scrollatina. "Hai notato le famiglie che stanno aspettando la messa? – le sussurrò – Vicino al gruppo dei vivi ci sono delle creature più leggere, sono i parenti, stanno tutti qui e in questo giorno hanno piacere di essere assieme a quelli che vengono a trovarli". Martina vedeva quelle figure antiche accanto alle famiglie vive, la loro austerità e al contempo la leggerezza con cui stavano al fianco dei parenti. Solo lei si rendeva conto di quelle presenze perché anche lei era fatta di sogni. La vecchia Marì le fece un ampio saluto e una riverenza: stava accanto ai suoi giovani nipoti, che non parevano accorgersi di lei. Ma neanche di Martina parevano accorgersi tranne che di lei accanto ai genitori. "Vuoi dire che anche la vecchia Marì è un sogno? chiese a Betta. "Tutti, tutti quelli che vedi accanto alle loro famiglie sono sogni, come te, le sussurrò Betta. E adesso è quasi finita la messa e devi tornare dai tuoi". Le diede un piccolo bacio e sparì assieme all'immagine leggera di Martina. Che accanto ai suoi genitori ebbe un piccolo fremito e lanciò un'occhiata alla tomba di Betta, solitaria, carica di corone fiorite. "La messa è finita – disse la mamma – Andiamo a salutare il parroco. Si avviarono nella folla che avanzava verso l'altare. Cominciarono i saluti, gli auguri, le condoglianze. La vita dei vivi riprendeva.

LE MARIE ERANO TUTTE FUORI DAL MATTINO PRESTO.

Le Marie erano tutte fuori dal mattino presto. Volevano sbrigarsi senza impedimenti dei padroni che ancora dormivano, e si intendevano facilmente tra di loro. Maria Cita spazzava energicamente il marciapiede. I colombi vi avevano depositato le loro cacche grigie e bianche; la donnina si appendeva alla scopa per dare maggior peso ai colpi di spazzola che non bastavano a ripulire la pietra; tutta rossa e ansimante aveva finalmente la meglio e con un soffio di soddisfazione smetteva di combattere. A passettini svelti arrivava al banchetto delle verdure che Maria di' barbis stava montando al mercato: era arrivata direttamente da casa, dove aveva raccolto nell'orto le verdure che coltivava, Maria Cita ne comprava perché era tutta roba genuina e lei non aveva tempo, c'era sempre da fare a casa, i padroni erano esigenti mentre Maria di' barbis doveva badare soltanto a sé. I baffi li aveva proprio, Maria, e sapeva che la gente la chiamava con quel soprannome, ma non se ne offendeva perché la distingueva dalle altre Marie. Maria Cita stava parlandole concitatamente sottovoce guardandosi intorno perché nessuno la sentisse. L'altra Maria annuiva non smettendo di pulire l'insalata dalle foglie marce; con rapidità diede ad intendere che era d'accordo con quanto le aveva detto l'amica e scaricò le patate sul banco. Sulla strada stava passando Maria Brava con il barachin del latte; era stata fino alla cascina e camminava veloce verso casa per preparare la colazione ai nipoti. Con la coda dell'occhio Maria Cita la intercettò e subito si diresse fino a lei che la raggiunse vicino al banco: qui si ripeté il dialogo tra Maria Cita e la nuova Maria, mentre l'altra annuiva, intervenendo ogni tanto con ripetuti cenni di assenso. Tutte e tre risero con soddisfazione e si lasciarono, ognuna a una sua destinazione. Maria Cita tornò sui suoi passi e avvistò di lontano Maria fola: erano i ragazzi a chiamarla così per farla indispettire, quando le facevano gli scherzi alla sera per impaurirla, spuntando all'improvviso dal buio con voci cavernose. Lei urlava di spavento, poi si rendeva conto che erano i ragazzi e imprecava contro di loro minacciando denunce ai genitori, ma quelli ridevano e per farla arrabbiare le gridavano "Maria fola" inseguendola fino al marciapiede dei padroni. Ma lei non era folle per niente, soltanto spaventata. E se i ragazzi avessero saputo che cosa faceva nella notte quando non era a casa sua, sarebbero stati loro ad avere paura.

Le due donne si vennero incontro l'una all'altra e ridacchiarono cominciando subito a parlottare. Ad ogni frase che diceva Maria Cita, l'altra assentiva e poi giù una risatina. alla fine "Ben ben fuma parei" disse energicamente Maria fola, mentre colei che aveva portato il messaggio se ne usciva con un "Ahhh" di soddisfazione. Non restava che avvertire Maria bela. Maria Cita la scoprì sul balcone della casa del Nudar intenta a bagnare le piante. "I vegnu subit" esclamò rivolta all'amica di sotto e lasciato l'innaffiatoio si precipitò per le scale. Il soprannome di Maria bela lo aveva fin da ragazza, quando era di una bellezza sfolgorante, alta bionda, formosa, occhi incantevoli. Non si era sposata per allevare i fratelli piccoli – tanti – che le erano stati lasciati dai genitori, morti giovani. Gli anni l'avevano consumata poco a poco senza che se ne accorgesse, e mano a mano che i fratelli crescevano robusti e belli, lei sfioriva, si rimpiccioliva, si incurvava, di quella bellezza antica rimaneva il soprannome. Maria Cita le raccontò quello che aveva detto alle altre, e Maria Bela fu subito d'accordo. Solo sull'ora ebbe qualche dubbio, per lei era troppo presto perché i padroni davano una festa e volevano essere serviti fino alla fine, ma poi pensò che sarebbe sfuggita alle grinfie della signora e sarebbe arrivata puntuale.

Maria Cita fece l'elenco delle Marie avvèrtite e con soddisfazione si rese conto che il suo lavoro era finito. Salutò Maria bela e se ne andò affrettando il passo perché ormai era tardi e doveva accudire alle faccende di casa.

Martina aveva seguito tutto il percorso di Maria Cita. Dalla Torre di casa sua si poteva spaziare tutt'intorno, spostandosi appena di qua e di là. Era incuriosita per quello che si dicevano le donne, soltanto poche frasi erano giunte fino a lei, ma promettevano qualche programma insolito, specie organizzato dalle Marie, che Martina aveva visto in azione soltanto in chiesa, alle preghiere della sera. Nessuna però andò a quella funzione, le porte delle case rimasero serrate, mentre si intravedeva all'interno l'affaccendarsi delle Marie ciascuna con i propri padroni.

Poi tutto tacque. Martina rimase all'erta, avvertendo che qualcosa doveva succedere, dopo tutto quel confabulare del mattino. E infatti, di scatto, tutte le porte delle Marie si aprirono e ne uscirono fuori ciascuna donnina, con un impeto trascinante, come se un vento le avesse investite e trascinate via. Corsero volando e imboccarono la strada per il ponte. Mancava soltanto Maria bela, trattenuta dai padroni. Martina era indecisa su cosa fare. Non conosceva il luogo in cui andavano a riunirsi le Marie e comunque non poteva far altro che camminare sperando di ritrovarle. Mentre stava pensando il da farsi,

di scatto si aprì la porta del balcone di Maria bela, in ritardo, che con eleganza si lasciò cadere giù e si mise a volare seguendo la strada che avevano appena fatto le altre. Martina volò giù dalla torre, seguendo a distanza Maria bela. Non si era resa conto di quello che aveva fatto, ma stava volando sul terreno trascinata da un vento gentile che si era preso carico anche di lei oltre che delle Marie. Maria bela imboccò l'arcata del ponte da cui emanava una luce scintillante, quella più ampia al centro e vi sparì dentro. Martina si fermò fuori dal ponte, accostandosi alla parete, dove poteva intravedere l'interno dell'arcata senza essere vista. E cominciarono le meraviglie. Da una crepa del muro Maria cita tirò fuori un giradischi, ne scaturì un valzer allegro che suscitò il consenso delle donne. Aprendo ciascuna uno spazio che pareva una crepa nel muro di mattoni, ne trassero costumi preziosi intessuti d'oro. Via via che li indossavano si trasformavano nelle Marie della giovinezza. I corpi si allungavano, le rughe sparivano, i volti assumevano la grazia di fanciulle. E come evocata da una crepa del muro ne venne avanti una bellissima donna dai lunghi capelli color rame che reggeva un vassoio carico di dolci e di bicchieri colmi di vino. "Maria la rusa" gridarono tutte le donne alzando un bicchiere. E Martina si rese conto che quella nuova venuta era la vecchia al servizio dei pasticceri; anche se era diventata una donna giovane ed elegante l'aveva riconosciuta per quei capelli color fiamma che le erano rimasti dalla giovinezza, sul corpo divenuto mingherlino e stento. Le Marie si rimpinzavano di dolci e bevevano allegramente accennando passi di danza al suono del valzer che invadeva lo spazio. Facendosi cenni di intesa si misero a danzare inventando figure che variavano di volta in volta, e lanciavano piccole grida entusiaste superando ciascuna la precedente. Martina osservava incantata. Mai avrebbe riconosciuto in quelle splendide creature le vecchiette del mattino. Ma ci fu un momento in cui la musica si interruppe, Maria Cita aveva fermato il disco, il tempo era trascorso. Si tolsero il vestito e via via che se ne liberavano tornavano ad essere le Marie che Martina conosceva, ogni cosa scomparve in un attimo tornando rinchiusa nelle crepe del muro.

Come un volo di rondini uscirono dall'arco del ponte e percorsero la strada di casa. Martina si mise in cammino quando le vecchiette erano scomparse. Come una cosa naturale le venne di spostarsi volando, ma si tenne vicino al terreno nel timore di non aver più conservato quella possibilità. Ebbe il coraggio di innalzarsi fino alla torre e lì si fermò con un sospiro di sollievo. Sentì poi il rumore di una porta che si apriva, guardò sotto e intravide Maria Bela che innaffiava le piante brontolando per non aver concluso prima di bagnarle. Le era rimasto sul viso un accenno all'antica bellezza di quando era giovane. E Martina fu sicura che tutto quanto aveva visto era vero. Quando poi andò nella sua stanza si vide nel letto addormentata. Chiuse gli occhi e fu tutt'uno con lei.

LO SAPEVANO TUTTI.

Lo sapevano tutti. Che 'l Meciu si credesse figlio del Principe.

Quando gli capitava di trovare qualcuno che gli dava ascolto cominciava a raccontare la sua storia. Preciso nei particolari, non era possibile contraddirlo, tutto si sviluppava con un incredibile senso di verità. Non stentava a riconoscere che c'era stato uno scambio di culle fra lui e il figlio della balia. L'altro lo avevano messo al suo posto, e lui era finito dalla donna. Che non poteva negare ai principi la loro volontà e l'avevano costretta a tacere quello scambio.

Perché, si era chiesto più volte 'l Meciu, al quale quella sostituzione fra neonati era sembrata strana, e dovuta a quale stranezza non riusciva a spiegarsi. Lo ripeteva, con stupore, rimpiangendo la sorte che avrebbe dovuto essere la sua, di fasti principeschi mentre si era dovuto accontentare delle cure della buona balia che aveva sempre sostenuto che lui era figlio suo, mentre da quando aveva avuto l'età della ragione si era lasciato andare a quella storia, di essere il figlio del Principe. Gli era venuta in sogno, quella storia, con tutti i particolari di uno scambio fatto di nascosto. Per dare un senso alla sua vicenda, doveva riconoscere che i Principi lo avevano scambiato perché era brutto, mentre il figlio della balia era di una bellezza sorprendente per essere di famiglia misera. E si guardava allo specchio nel segreto della sua casa, esaminando i suoi tratti. Non poteva non riconoscere   l'irregolarità dei

suoi lineamenti deformati dall'occhio un po'
sceso, la bocca sbieca sul naso storto. Eppure vi
trovava una certa bellezza, una singolarità rispetto alle anonime facce degli altri, monotonamente
rivolti a formare il volto e a esprimersi senza
difficoltà. A Martina era capitato di essere scelta
per il racconto. Era stato alla fiera del paese, in
cui il Meciu vendeva liquerizie e trombette. Gli
aveva comprato un po' di giochini che avrebbe
dato alle bimbe dell'asilo, e con il suo acquisto lo
aveva reso contento. Non c'era nessuno oltre a
lei, in quel momento, l'ideale per il Meciu di
raccontare la sua storia. Che venne offerta a
Martina con tutte le sorprese, i colpi di scena e le
deduzioni che la storia comportava, quando ne
valeva la pena raccontarla a chi aveva voglia di
ascoltare. Tornando a casa Martina non smise di
pensare alla storia del Meciu, e in quell'impressione si addormentò. Ma le sembrò di continuare ad essere sveglia, mentre non smetteva di
pensare alla storia del Meciu. Il quale tornò a
raccontare daccapo, ma questa volta con più
particolari che stupivano Martina per come
poteva ricordare un bambino di pochi mesi su di
una situazione così singolare. Invece ricordava la
meravigliosa culla, tutta pizzi e fiocchi, in cui era
stato messo alla nascita. E vedeva chinarsi sopra
di sé il Principe e la Principessa, amorevoli nel
tenerlo in braccio. Il bambino era bello, però
tutt'a un tratto era apparsa una signora dall'aria
altera, lo aveva indicato con la mano e aveva
pronunciato delle parole misteriose. Il volto del
bambino aveva incominciato a deformarsi; i bei

lineamenti andavano mutandosi in forme irregolari, e il sorriso che prima lo illuminava si mutava in pianto.

Invece di consolarlo, i Principi non ci pensarono due volte: consegnarono il bambino alla balia che lo cullò per calmarlo, mentre l'altro bambino fu preso e portato nella culla principesca. Tutto era avvenuto nel giro di pochi attimi, e la signora che aveva pronunciato le misteriose parole era svanita nel nulla. E svaniti gli arredi fastosi, la culla, i Principi e il bambino scambiato. 'l Meciu tutto lacrimoso commentava la scena appena accaduta.

"Capite com'è andata? – diceva commosso – ero figlio del Principe, ma lui non mi ha più voluto, perché la "Sgnura" mi ha mandato la sua maledizione.

E sono rimasto così, fin da bambino! ". Martina cercava di consolarlo, non era sicuro che essere figlio del Principe fosse una fortuna, specie in un clima politico in cui i nobili erano stati aboliti.

Ma 'l Meciu era inconsolabile e strizzava l'occhio sano per esprimere tutta la sua rinata commo-zione, ogni volta che riprendeva a ricordare la sua storia. Consolato da Martina, se ne andò asciugandosi le lacrime e scomparve a una svolta della strada. Lei si riscosse e si rese conto di essersi addormentata. Voleva dirlo, al Meciu, del sogno, e si avviò per cercarlo. Lo trovò, intento a riordinare le liquerizie e le girandole che aveva lasciato a un vicino. Voleva fargli sapere che era stato un sogno, ma quello non le lasciò il tempo di parlare, e con aria di intesa le disse: " Sì, la culla era proprio bella, e morbida! Non ho mai più avuto una culla parei! Ma la Sgnura mi ha distrutto! Perché lo avrà fatto? Forse è stato solo un sogno, quello che mi ha reso così come sono... Ormai è tardi, anche se fossi rimasto bello, a questa età non lo saria più". Così dicendo strizzò l'occhio buono a Martina sollecitandone il consenso. Ma lei era troppo stordita per essere d'accordo con 'l Meciu; era troppo presa ancora dal sogno per essere d'accordo con lui, che non si trattasse di un sogno. E così tacque, sorridendogli.

NE AVEVA VISTI ALLA FIERA.

Ne aveva visti alla fiera. Oggetti presi dai cinesi che teneva un ambulante. Palloni, mantelli. Pieni di decorazioni, draghi, mostri, arabeschi. E anche degli aquiloni. Ma così brutti che non valeva la pena di comprarli. Martina decise che avrebbe avuto il suo aquilone, fatto apposta per lei. Ci voleva però qualcuno che si incaricasse di costruirlo. Il nonno! Era lui la persona ideale a cui chiedere.

Ma ne sarebbe stato capace? Martina non se ne preoccupò, il nonno sapeva fare qualsiasi cosa. Ma bisognava trovare gli elementi per farlo, questo aquilone, e ormai in giro non si vendeva che plastica. Si ricordò di Pinot, il vecchio che una volta teneva un negozietto di carte e cordini, ma siccome non ci andava nessuno l'aveva chiuso. Se ne stava seduto sul gradino della porta d'entrata a fumare il toscano, e qualche volta scambiava due parole con il nonno, ma proprio due, sul tempo e sul sigaro. Il nonno accettò subito l'incarico. Ne aveva fatti tanti, di aquiloni, quando era piccolo il papà di Martina, e così lei si tranquillizzò sulle possibilità di avere l'aquilone. Andarono insieme da Pinot. Come sempre era seduto sul gradino della porta d'entrata e fumava il toscano. Grugnì un saluto, e a un cenno del nonno capì che volevano entrare. Tenne aperto perché passassero e subito li invasero odori di colla, di legna di pino, di carta lasciata lì per molti anni. Guardarsi intorno era una meraviglia. Pacchi interi di carte dai diversi colori, rotoli di corde e cordini sporgevano dagli scaffali in una allegra confusione. Come se avesse predisposto un suo piano il nonno cominciò a percorrere i banchi su cui erano gli scaffali, e a indicare le carte che voleva. Pinot seguiva le indicazioni con precisione prendendo i fogli scelti e tagliando la quantità della carta indicata. Il nonno si fermò un attimo richiamandosi alla memoria. " 'l curdin!" esclamò poi deciso e si diresse verso il banco dove sporgevano gomitoli di corda delle varie dimensioni. Ne indicò uno abbastanza sottile, calcolò con il palmo della mano quale lunghezza dovesse comprare, quantità misteriosa perché legata alla struttura dell'aquilone, poi con un ampio gesto accennò a un'aggiunta abbondante e si fece tagliare alcuni metri che poi vennero avvolti in un piccolo pacchetto fatto da Pinot.

" E an curdin pì gros, per tenlu", aggiunse". Pinot approvò. "Just!" fece subito e preso un rotolo di corda più grosso, lo srotolò a lungo immaginando il volo dell'aquilone. Il nonno guardò con gli occhi socchiusi tutt'intorno gli scaffali, rammentando quanto gli serviva. "I bastùn!" esclamò poi seguendo la logica che gli si era presentata alla memoria. "I bastùn" ripeté Pinot con tono grave, all'idea di non trovarli. Ma dopo un breve momento di apprensione, subito corse a una scansia dove spuntavano le canne bianche che servivano per la struttura dell'aquilone. Il nonno ne scelse qualcuna e porgendole a Pinot esclamò "A basta parei!". Tutte le cose scelte si accatastarono in una busta di carta scura. Pinot la porse al nonno, che pose mano al portafoglio, ma l'altro respinse il gesto ricambiandolo con una frase che non ammetteva repliche: "'Na sigala", che in dialetto antico significava "Un sigaro". E di fronte a questa richiesta il nonno si acquetò d'accordo con lo scambio.

Impaziente di assistere alla costruzione dell'aquilone, Martina avrebbe voluto seguire il nonno nello studio, ma lui con fermezza le disse che quel lavoro doveva farlo da solo e che lei lo avrebbe visto finito. Inutile insistere, il nonno aveva il suo modo di lavorare. Né sarebbe stato opportuno insistere, già era tanto che avesse accettato.

Passarono i giorni e dell'aquilone non si parlò più. Dopo un primo momento in cui Martina fremeva dalla voglia di vederlo, con il trascorrere dei giorni andò dimenticando l'oggetto dei suoi desideri. Quando in un bel pomeriggio di sole il nonno uscì dallo studio con un gigantesco pacco che ne nascondeva il contenuto e le disse perentorio "Anduma 'n campagna!", Martina capì al volo e subito accettò. Furono in un attimo fuori, nei prati fioriti circondati da filari di alberi. Dal pacco stracciò la carta e ne trasse una figura a forma di rombo, poteva essere un pesce o un uccello; ai lati e alla coda ondeggiavano delle codine a più colori; terminava con una corda che il nonno andava srotolando davanti agli occhi avidi di Martina. Era davvero un bel lavoro. Nessuno avrebbe saputo farlo così bello, agile, colorato nelle varie tonalità che si armonizzavano con il blu intenso del corpo. Il nonno era soddisfatto. Dopo averlo esaminato lo esibì a Martina che non sapeva come prendere quel misterioso oggetto. Il nonno lo afferrò fra le mani, poi gli diede spazio con la corda. Quello a balzelloni salì verso il cielo, il nonno accennò qualche passo per dargli respiro, stringendo la corda nel pugno; via via che la srotolava, l'aquilone acquistava altezza, volava scuotendo le codine colorate. Quando l'aquilone fu alto nel cielo, il nonno con eleganza passò la corda a Martina. Svelta lei l'afferrò e si mise a correre mentre l'oggetto leggero la seguiva obbedendo ai suoi passi.

Ondeggiava reggendosi nell'aria. Guizzava colpito dal sole che lo faceva scintillare. Come un grosso uccello fendeva l'aria seguito da un gruppo di colombe. Poi quelle non ressero all'altezza e lo abbandonarono scendendo più in basso. Il sole all'improvviso si oscurò. L'uccello incontrò una massa di nubi e vi scomparve dentro. Martina allarmata chiamò il nonno e lui con un rapido colpo alla corda fece riapparire l'aquilone che uscì dalla nube e prese a correre veloce nel cielo. Le nuvole si stavano facendo dense, minacciose di pioggia. L'aquilone ci si infilò. Martina tirò la corda, ma quella resisteva, come se un peso immane la trattenesse. Venne in aiuto il nonno che impiegò tutte le forze per farlo scendere. Le nuvole lo tenevano coperto, a uno strappo del nonno la corda gli sfuggì di mano e salì verso l'alto. L'aquilone era sparito! Invano attesero che le nuvole diradassero: sparirono all'orizzonte portando con sé il loro mistero. Martina rimase senza parole, guardò il nonno per avere un suo parere, non le pareva possibile che l'aquilone fosse scomparso. "Che facciamo?" gli si rivolse.

"Ne facciamo un altro" disse lui, conciliante, "Non ti preoccupare, ormai ho ripreso la mano". "Sì, ma io voglio quello – si intestardì Martina - , era il mio aquilone". "Può darsi che lo trovi – disse il nonno – non si sa mai...". Tornarono a casa in silenzio e il nonno si richiuse nello studio. Martina ebbe l'incarico dalla nonna di andare a prendere le uova alla cascina. Contenta per quel diversivo che le impediva di pensare all'aquilone si mise in cammino. All'entrata del grande cancello si pavoneggiavano silenziosi i pavoni. Li conosceva tutti e tre perché avevano colori differenti e differenti striature. Loro la riconoscevano e le correvano incontro per festeggiarla. Così avvenne anche quella sera. Soltanto che i pavoni erano quattro, ma il quarto se ne stava di lato, timido nell'accostarsi. Martina gli si avvicinò sollecita e quello allora le prese la mano con il becco e le fece un verso flebile, come un saluto di riconoscimento. Sul mantello blu intenso, il pavone mostrava qua e là delle pennette multicolori; con una mossa rapida fece un giro su sé stesso e si innalzò con un rapido volo. Poi tornò da Martina e le accarezzo la mano con il becco. Lei rimase pensierosa. Non voleva credere a quella sorta di magia, eppure non poteva rifiutare di riconoscere in quel pavone, il suo aquilone.

ANDAVA SOVENTE AL SANTUARIO.

Andava sovente al Santuario. Perché si poteva entrare da soli; quando non c'era nessuno, restava aperto; di rado la gente arrivava fin lassù, ed era l'ideale dove raccogliersi e pensare. Si avvertiva in quel Santuario un'aria di mistero, un'atmosfera sospesa che consentiva di immaginare cose per cui non esistevano spiegazioni. Sentiva, Marcella, una sorta di delicato mormorìo di voci, un rispondersi di risate leggere subito svanite. Quel luogo la portava a un dormiveglia che assomigliava al sonno, ma si fondeva con la realtà al punto da non distinguersi. Le pareva di udire, a folate, una voce che appariva e spariva portata da un richiamo ultraterreno. Un canto di bellezza divina, che non poteva essere l'eco di qualche cantante di paese. Marcella aveva scoperto che sepolta accanto al Santuario c'era Teresa Belloc, stella del Teatro Lirico dell'Ottocento, che aveva vissuto i suoi ultimi anni in una villa da quelle parti. Sovente partecipava alle funzioni religiose offrendo la sua voce prodigiosa alle liturgie rituali. Le pareti della chiesa erano impregnate del suo canto, e appena il vento le accarezzava esse vibravano degli antichi suoni.

Gli angioletti che spaziavano in alto, reggendosi ai loro piccoli pepli da un altare all'altro, erano gli autori del mormorìo.

Guardando con attenzione, Marcella aveva notato che alcuni angioletti si spostavano per andare a parlare con un compagno, e poi rimanevano con lui, senza tornare al loro posto.

Quella vitalità che avevano dimostrato spostandosi e chiacchierando con i compagni spariva di colpo, quando in chiesa entrava qualcuno: diventavano rigidi come erano stati fatti dagli artigiani. I preti guardavano in su perplessi, ma poi dovevano accettare che gli angioletti stessero in quelle posizioni, chi li avrebbe mai potuti spostare? Marcella non si rassegnava, era ben certa di come li aveva visti entrando in chiesa; tornandovi tempo dopo li trovava a fare comunella in posizioni diverse. Dopo essersi guardata intorno non vide nessuno, si fece coraggio e alzando lo sguardo agli angioletti ben fermi sopra gli altari, agitò una mano in segno di saluto accompagnando il gesto con uno squillante "Buongiorno ragazzi!".

Quelli non si aspettavano un simile riconoscimento; le alucce di tutti frullarono di stupore stupendosi dall'essere riconosciuti nei loro movimenti. "E tu come ci conosci?" saltò su il più vivace. E scese scivolando su un panneggio vicino a Marcella. Lei lo guardò con attenzione, poi scoppiò in una risata. "Sei quello che sta sull'altare più grande – proseguì scrutandolo – e poi ti sei fermato con quegli altri tuoi amici!". L'angioletto fece una capriola e riprese il posto fra i due. "Ma non vi annoiate a star sempre in aria? – Marcella li vedeva tutti frementi, non riusciva a pensare che tanta vita fosse sprecata. "Noi siamo eterni – disse l'angioletto dalla posizione in cui si trovava, e gli altri due ai suoi lati assentirono -; eterni nel senso dello spirito. L'immagine che mostriamo è quella degli angioletti dorati. Ma è un servizio che facciamo...” - si udì tutt'intorno un vivace assenso degli altri angioletti - un servizio alla chiesa a cui sempre obbediamo, in onore di Dio”. “Ma perché avete scelto me per farmi sapere di voi? – Marcella era impaziente di capire. - In chiesa viene un sacco di gente, e tanti sono molto più devoti di me”. “Non è questione di devozione – replicò l'angioletto più vivace – è che tu ci sei simpatica!” Gli altri angioletti approvarono frullando le ali. “E poi non stiamo sempre qui. Ci sono le grandi funzioni nella chiesa grande, dove cantiamo assieme a tutti loro”. “E poi ci sono i giorni di vacanza – aggiunse un angioletto che era stato zitto fino allora – le corse all'aria aperta, il sole...”. “Sì – aggiunse il vivace - quelli sono i momenti più belli – lasciamo qui i nostri angioletti dorati e ce ne andiamo liberi e contenti”. Quelle corse fuori, nel sole, avevano convinto Marcella. Ricordava certi venticelli che volteggiavano a mulinello nell'aria tiepida, e qualche volta un rapido infilarsi nella chiesa, un agitarsi su verso la volta e poi un silenzio perfetto così intenso da sembrare una tensione trattenuta di suoni. Erano loro che rientravano, e poco dopo ci sarebbe stata la funzione. Marcella fissò gli angioletti ad uno ad uno. “Avete detto che vi sono simpatica – esordì guardandoli - , allora vi chiederei un favore”. “Dicci dicci – subito rispose il più vivace - , se possiamo, volentieri”. E tutti gli altri furono d'accordo.

“Teresa Belloc – rispose Marcella – vorrei sentirla cantare. In che rapporti siete con lei?”. Rispose subito il più sveglio: "Viene qui quando Dio vuole che gli canti una delle sue arie. Si mette in ghingheri e canta. Noi ascoltiamo, ci piace molto". Guardò dubbioso gli altri: "Che dite? Possiamo chiederglielo?". "Sì sì", risposero tutti d'accordo. "Io credo che si annoi – disse quello che parlava solo quando ne valeva la pena - , se glielo chiediamo tutti insieme e gli presentiamo Marcella, lei accetta". Ci fu un fremere di consensi, poi un silenzio intenso. Le pareti della chiesa cominciarono a tremare come se suonassero canne d'organo. Poi emerse la voce potente di una donna che cantava. E il canto da sonoro che era si materializzava in una splendida figura dalla veste di velluto rosso a suo agio nel ruolo di una eroina di Rossini. "Rossini – si dissero tra loro – Rossini si aggiunse Marcella, che più che questa informazione non poteva andare oltre. Quando ebbe finito di cantare, la bella donna fece un inchino e sparì in un attimo, mentre le pareti tremavano lievemente. "È stato un sogno – mormorò Marcella – un sogno che non avrei mai immaginato".

"Un sogno, sì, un sogno. Anche noi, un sogno...". Sì, era stato un sogno. Se ne accorse guardando la fissità degli angioletti, la fredda staticità delle pareti, l'entrata della gente per la messa vespertina.

Era stato tutto un sogno.

CANTATE

CANTATA DEL MINATORE

MINATORE
Ho accettato di fare questa vita
perché non ne ho trovato un'altra.
Ogni giorno rischio di morire
ma non posso fare a meno di accettare
i turni che nel gruppo mi toccano.

CORO
Viene dall'Italia
Dal Sud al Nord e poi all'estero.
Sempre più difficile trovare lavoro
sempre più pesante mantenere la famiglia.
Senza istruzione non trova nient'altro
il suo sogno è tornare al paese

MINATORE
Credevo di fare fortuna
mi han mandato a uno scavo profondo
risalendo ogni tanto si blocca
il timore è restare là in fondo
è successo dobbiamo resistere
niente panico si attende e si spera.

CORO
E le famiglie intanto pregano
anche chi non crede prega non sa a chi
Disgrazie ogni tanto ne capitano
inutile illudersi presto o tardi avverrà.

MINATORE
Non lascerò questo mestiere ai figli
torneremo in Italia con i soldi risparmiati
troverò un lavoro dopo questo
del minatore niente è peggio, ve lo giuro.

CORO
Il padre faceva il contadino.
Il figlio ha fatto il minatore
tornerà a lavorare nei campi
ma suo figlio vorrà farlo studiare

CANTATA DEL CAMIONISTA

CAMIONISTA
Stanco di stare al bar
a fare caffè e cappuccini
ho preso la patente C
e ho chiesto di guidare un camion..
Non era facile specie col rimorchio
devi sembrare agile
ruotare nelle strade strette
poi alla fine impari
ti sembra di volare

CORO
Voli sull'autostrada
sbuffando quando superi
un altro tuo compagno.
Lo inciti veloce lo sguardo al finestrino
poi ti allontani rapido
e non ci pensi più.

CAMIONISTA
E ci sono gli amici
ti dai appuntamento
con loro per mangiare
a un'ora a un posto fisso.
Sai già qual è il migliore
e ci si trova tutti là.

CORO
La notte cala presto
mentre si mangia assieme.
Non ti va di guidare
dormirai in cuccetta
sicuro e ben protetto

CAMIONISTA
Sveglia presto al mattino
un buon caffè schiumato al bar
e via correndo salutando gli altri.

CORO
È contento col suo camion
riposato e in perfetto orario.
A casa arriverà giusto in tempo
per la consegna prevista in giornata.

CAMIONISTA
Ma non sempre funziona tutto liscio.
File di camion vanno a passo d'uomo
c'è stato un incidente sulla strada.
Giace in fiamme un camion rovesciato
e il fumo raggiunge chi è di lato.

CORO
Il camionista ripensa alle volte
in cui a gara si sono superati
quando ha voluto impaurire una macchina
standogli dietro di pochi centimetri.
Non lo farà mai più lo promette
e tocca il rosario appeso al vetro.

CAMIONISTA
Guidare un camion non è cosa facile
siamo soltanto a servire i padroni
non rendiamo ancora più difficile
un lavoro già difficile per sé.

CANTATA DEL FABBRO

FABBRO
Il mio lavoro è autonomo
lavoro con mio figlio.
Prima aveva iniziato con l'università
gli piaceva studiare, ma ha capito
che non gli veniva un posto di lavoro
doveva fare l'assistente a vita
del professore con cui si laureava.
Mi ha detto papà sono stufo di aspettare
vengo a lavorare con te.
E così è stato facciamo gli orari che vogliamo
fino a tardi se occorre, ci prendiamo un giorno libero
se ci serve per fare qualcosa.

CORO
Vivevano nel cuore della città
in un mondo isolato di lavoro
Si spostavano senza problemi
dove li chiamavano i clienti
per poi tornare alla loro officina
rifugio e difesa per ogni ripartenza.

FABBRO
Facevamo lavori di ogni tipo
importanti o di poco conto
si accontentava sempre il cliente
che fosse ricco oppure un poveretto.

CORO
Erano tanti i lavori che facevano
ma soprattutto cose da poco
la chiave rimasta nella serratura
una vite che non si svitava
e tu che gli chiedevi al cliente

per così poco? niente
 anche se avevi perso tempo.

FABBRO
Niente gli chiedevamo
era stato un piacere soccorrere
la signora rimasta fuori casa
per la porta che non si apriva.
Andando avanti di questo passo
le entrate erano troppo scarse.

CORO
Avevano deciso lavorare senza l'Iva:
quando lavori gratis o ti fai dare pochi euro
come fai a fare una ricevuta
il cliente ride e la rifiuta.

FABBRO
Quando poi i lavori sono grossi
se metti l'Iva devi aumentare i costi
e al cliente non piace pagare di più
anche se può scaricare la bolletta.
Insomma noi non ce l'abbiamo l'Iva
e rischiamo le multe o il lavoro rifiutato.

CORO
Non è per volontà di imbrogliare lo Stato
che non aprono l'Iva, è una situazione difficile
che riguarda tutti gli artigiani.
Bisognerebbe che ci fosse più equilibrio
tra il lavoro, il pagamento e le tasse.

CANTATA DEL MOTOCICLISTA

MOTOCICLISTA
Quando sono in moto
mi sento più importante
la gente fa attenzione
al mio passaggio urlante
si scansano di lato
saltano con terrore
si turano le orecchie
trema l'aria d'intorno
io rido del terrore
che produce il rumore
e me la spasso
come se niente fosse
passando fra la gente
scansandola evitandola
con il perfetto stile
della moto che inforco.

CORO
Se tu sapessi le maledizioni
che la gente ti butta sulle spalle
eviteresti almeno che la folla
sobbalzasse per i tuoi boati.

MOTOCICLISTA
Se la moto non facesse quei boati
tanto varrebbe andare in bicicletta
discretamente scansando la gente
che a sua volta ti scansa con pietà.

CORO
Stai attento alle buche non cadere
puoi rischiare la vita e scivolare
la strada è piena di accidenti
non inebriarti del rombo del motore

MOTOCICLISTA
La moto è il rombo
altrimenti non vale
fa la sua figura
ma non ti dà gusto
facciamo gara tra noi
a chi fa più rumore
siamo un gruppo compatto
e ci incontriamo
c'è un capo che comanda
siamo una bella banda
e insieme ci divertiamo.

CORO
La gente si scansa
quando apparite voi
il tuono vi accompagna
il silenzio vi segue
la calma riprende la strada
lontano il suono risuona.

CANTATA DEL VENDITORE DI PANE

VENDITORE
Vengo dalla campagna
quando il sole è già alto
le mani bianche di farina
la cesta sulla bicicletta
le pagnotte in bilico.
Si vende molto
la domenica.

CORO
Escono dalla messa
tarda di mezzogiorno
i bambini impazienti per il pranzo
reclamano il pane
esposto al loro sguardo affamato
odoroso di semi di cumino
È tutto uno stridio di grida
di scambi tra spiccioli e pagnotte
La gente si affretta
attorno al venditore
che si fa prezioso
mentre la merce fugge
ma tiene di riserva
una borsa ricolma
e la conserva per gli ultimi clienti.

VENDITORE
All'angolo delle due strade che si incrociano
sulle statue della fontana
appoggio la bici la cesta e la borsa
libero conto gli spiccioli
ho incassato ben più del previsto

CORO
Al forno a legna
appena fuori di città
lo aspettano i fratelli e la madre
han lavorato tutti a fare il pane
alzandosi ch'era ancora notte scura
Han dormito in attesa del fratello
ora ben svegli per la fame lo aspettano.

VENDITORE
La nostra messa la domenica
è il lavoro
le pagnotte per chi è andato a messa
e per chi ha dormito in santa pace.

CANTATA DELLA DONNA MORTA SUL
LAVORO

DONNA
Oh giorno felice
in cui finalmente
mi arrivò il lavoro tanto atteso!
Sospirato anche se pesante
portatore di progetti per tutti noi
che la fatica era un pregio
quando la sera tornavo a casa
con quella stanchezza preziosa
che accompagnava il mio lavoro.

CORO
Non è facile sopportare la giornata
le ore non finiscono mai
si accumulano sulle nostre spalle
non c'è tempo per un attimo di pausa.

DONNA
I sindacati ci hanno difeso
hanno chiesto tempi sopportabili
i tempi non consentono
la pausa per il cibo
e più ancora, bisogna dirlo,
non c'è tempo per andare alla toilette.

CORO
Fattela addosso
non puoi approfittare
del tempo stabilito dal padrone.
A pausa pranzo correrai al bagno!
Mangerai e andrai alla toilette!

DONNA
Mi hanno messo a un macchinario tutto nuovo.
Si fa molto più in fretta a farlo andare
Le altre me lo invidiano
mi daranno un premio
per lavorarci bisogna imparare.

CORO
Non rallegrarti troppo
se ti premiano perché sei brava.
Ogni vantaggio ha il suo risvolto
ogni novità non illuderti il suo rischio!

DONNA
Ho capito i meccanismi della macchina
Corre veloce produce leggera
come un'amica la guido e comando.

CORO
Non fidarti troppo di una macchina!
Più ti fidi più sei in pericolo
Vai cauta controlla ogni parte.
Rallenta la sua corsa rischiosa.

DONNA
Quando sono a guidare la macchina
penso ai figli che mi aspettano a casa
non sento più stanchezza
è un gioco il lavoro, io lo tratto così.

CORO
Non è un gioco il lavoro
trattalo con cautela.
I sindacati temono quella macchina nuova
temono un incidente ti avvertono.
Vogliono che tu stia attenta

fai controllare la macchina
non fidarti della tua bravura.

UN RUMORE DI FERRAGLIE, UNA FERMATA
BRUSCA, UN URLO

Ti sei sacrificata per gli interessi del padrone.
L'Assicurazione certamente tu ce l'hai
ma chi ti ripaga della vita?
Con uno straccio di Assicurazione
i tuoi figli cresceranno da soli.

CANTATA DELLA PORTINAIA

PORTINAIA
Più che in casa sono fuori
al citofono non rispondo
spio chi arriva e non conosco
indago su chi viene e chi va

CORO
Sospettosa e poi amica
di chi arriva e non conosce
interroga di chi sia il pacco
curiosa del mazzo di fiori
della pianta del plico della scatola

PORTINAIA
Questo è il mio regno
nessuno mi può comandare
riunite le portiere della strada
insieme facciamo un gruppo di potere
e ci scambiamo le notizie
amici amanti inservienti
il piacere dei pettegolezzi
sappiamo tutto di tutti
e trasmettiamo da questa a quella
accrescendo precisando le notizie
a gara scoprendo novità.

CORO
Guai a inimicarsi la portiera
sarai sulla bocca di tutti
puoi tentare di fartela amica
con qualche mancia offerta a sorpresa.

PORTIERA
Ci sarebbero le scale da spazzare

ci sarebbe l'androne da pulire
ma lavorano i muratori a pianterreno
 i giardinieri all'ultimo piano
i filippini con le scarpe infangate
Ripulire non vale la pena
meglio sotto il portone sorvegliare
chi va e chi viene
questo il mio mestiere
e con le altre portiere chiacchierare.

CORO
Eterne senza età
grigio il vestito di un tempo imprecisabile
la sigaretta penzolante fra le labbra
spuntano dalla loro casa
fin dall'alba, se è fuori orario
e scendi in ascensore
o rientri dopo qualche impegno
eccola che sbatte la sua porta
per vedere chi è perché è lì cosa fa.
Insostituibile presenza immutabile
istituzione del palazzo indiscutibile.

CANTATA DELLO SCIOPERANTE

SCIOPERANTE
Ho viaggiato tutta la notte
per arrivare al mattino all'incontro.
Con i compagni abbiamo vegliato
e cantato e discusso e dormito.

CORO
Compagno appena assunto in fabbrica
speranza di posto sicuro
lo sciopero ti esalta padrone del futuro.
Quello che puoi sapere per adesso
è il ritiro della paga per lo sciopero
e vaghe promesse di miglioramento
condite con qualche minaccia.

SCIOPERANTE
Ho appena preso la tessera del sindacato
il più forte quello che ti difende
che interrompe la produzione della fabbrica
che minaccia i padroni se non cedono.

CORO
Ci sono limiti alle trattative
tu sei solo ti va di rischiare.
Puoi restare senza lavoro per mesi
non hai famiglia cui dar da mangiare.

SCIOPERANTE
Senza lavoro sono stato per anni
pagato in nero con pochi soldi.
Aspettavo la fortuna di un posto
questo posto finalmente è arrivato.

CORO
Ascolta i capi agisci insieme agli altri
la vostra forza è restare uniti
superare le differenze discutere
e trovare una linea tutti quanti.

CANTATA DI CHI VENDE SULLE SPIAGGE

VENDITORE
Vengo di lontano, dal Pakistan
l'aereo fissato per tempo
costa poco.
Mando come bagaglio la mia merce
leggera non pago quasi niente.

CORO
Per lui è un'abitudine ogni anno
nei mesi estivi ritornare
ha già scelto i posti dove andare
un mese là un mese qua
dove più gente va in vacanza.

VENDITORE
Conosco le spiagge e gli alberghi
negli stessi posti ho dei clienti
che comprano ogni anno
ne conosco i cellulari
mi informo quando andranno in vacanza
e quando arrivano vado a trovarli.
Mostro la merce con le novità
i giochi se sono coppie con bambini.
Gli aquiloni i mostri i serpenti colorati
volano alto sulla spiaggia
superando le onde

CORO
Tutta la gente accorre
quando scioglie gli aquiloni
Anche il signore pigro
disteso sulla sdraio
si alza per guardare
quel ricordo d'infanzia

ma il suo aquilone
era di carta di legni e di spago
ora tutto è di plastica.

VENDITORE
Lascio l'aquilone a un ragazzino
che corre come un'onda sulla sabbia
e rimango con i genitori.
Tiro fuori la busta preziosa
le catenine i bracciali le collane.
Sacchetti e sacchettini rivelano
gioielli di aspetto costoso
per niente cari per fare regali
una volta tornati in città.

CORO
E intanto il pakistano racconta
di casa sua dei figli a scuola
e della moglie che lo attende fedele
al ritorno abituata ai suoi viaggi
che danno la vita alla famiglia.
Corre il ragazzino sulla spiaggia
gli sfugge il filo dalle dita
e l'aquilone libero si innalza
con tutta la gente a naso in su.

CANTATA DI UN CRONISTA

CRONISTA
Ero un ragazzo
volevo conoscere il mondo.
Ho cominciato facendo l'assistente
Quanta fatica occuparmi di tutto
non conoscere niente
essere sempre a disposizione.

CORO
Hai scelto questa professione
sarai mandato in zone di guerra
dovrai rischiare senza niente in cambio
ma intanto imparerai.

CRONISTA
Continuo a fare l'assistente
con fiducia il Cronista si serve di me
ma anche ne approfitta
e io rimango anonimo sul campo
passo fra le bombe rischio la vita
e nessuno si accorge di me.

CORO
Avrai il tuo momento felice
se così puoi chiamare la guerra.
Ti spediranno da solo a lavorare
finalmente farai il Cronista.

CRONISTA
Non mi sono accorto di imparare
mentre facevo l'assistente.
Fotografia e fucile li so usare
sono ormai un cronista.
Ciò che per gli altri è paura
per me è lavoro e lo faccio volentieri.

CORO
Ti spediranno da solo a lavorare
dovrai dire ciò che vedi che succede
mandare filmati foto e cronache
a rischio ogni volta della vita.

CRONISTA
Ero più protetto prima
dall'assistente che ero io
a sfidare per il capo
i rischi delle bombe e degli agguati.

CORO
Adesso anche tu
avrai il tuo assistente.
Imparerà da te
a filmare e a usare il fucile.
La guerra per voi sarà motivo
di guadagnarvi il pane con coraggio.

CRONISTA
Ora che non devo più imparare
che guardo ciò che scelgo da filmare
mi rendo conto della guerra
di quanto è crudele e insanguinata.
Se prima non davo importanza
adesso l'abitudine non serve
e il lavoro mi getta il cuore in pezzi.

CORO
Ogni mestiere ha la sua sofferenza
Non puoi filmare se non partecipi.
Il tuo lavoro è forse il più duro
ma scuote quanti sono indifferenti
nelle loro case sicure
alla violenza verso tutti della guerra.

CANTATA DI UN GIOVANE LAUREATO

GIOVANE LAUREATO
Finalmente ce l'ho fatta!
Ho finito, mi è piaciuto
lo studio delle lingue antiche
il greco il latino e la letteratura.
Ma dovevo aiutare mio padre
che non ce la faceva a mantenermi
dare tutti gli esami è stato duro
alzarmi all'alba star dietro al suo lavoro
fare l'idraulico non è mestiere facile

CORO
È un mestiere che mantiene la famiglia.
Lettere sono i sogni
l'idea di un mondo fantastico
più elevato del lavoro quotidiano.
Al giovane che studiava
prendeva parte l'intera famiglia.
Papà orgoglioso lo diceva ai clienti
Mio figlio studia è molto bravo
presto finirà per laurearsi.

GIOVANE LAUREATO
Era orgoglioso
lo diceva ai clienti.
Lavoravo con mio padre e studiavo
Presto con la laurea avrei lasciato
quel pesante lavoro di ripiego
lo facevo aspettando di concludere

CORO
Tutta la famiglia sperava
la mamma la sorella e la nonna
gli sembrava di essere anche loro

in quella laurea che metteva tutti quanti
a un livello sociale più elevato

GIOVANE LAUREATO
Un giorno scopro che stiamo lavorando
nel bagno di uno dei miei professori
fra i più bravi mi aveva dato trenta
e così gli ricordo chi sono
e che sto per laurearmi con lui.
Ride cordiale con un certo imbarazzo
di fronte a me che aiuto mio padre.

CORO
Fare l'idraulico è un mestiere difficile
prezioso e utile per la società
non credeva il giovane studioso
che il professore lo stimasse così.

GIOVANE LAUREATO
Ero contento che citasse il mio trenta.
Ma poi si rivolge a mio padre
gli dice che mi tenga stretto
il mio idraulico mi darà da mangiare
mentre la laurea è solo per figura.

CORO
La laurea è solo per figura
un bel titolo da mettere in cornice
tieniti stretto il tuo idraulico.
Lo dico a papà tuo
che tanti sforzi ha fatto per te.

GIOVANE LAUREATO
Mi dice che per tutta la vita
ha penato per quel posto fisso
solo adesso che è anziano l'ha ottenuto

ma mi incoraggia a studiare ancora
farò l'idraulico da laureato.

CORO
Suo padre non perderà l'aiuto
la famiglia ne andrà orgogliosa
il giovane tenterà la sua strada
sperando in una borsa di studio.

CANTATA DI UN LAVAPIATTI

LAVAPIATTI
Non avevo lavoro
gli studi pochi e senza agganci.
Una volta nella vita un ragazzo
deve fare il lavapiatti, si trova subito
è un impegno che va e viene.
Le cucine che vado a vedere
fanno spavento dalla sporcizia
ne scelgo una più moderna e pulita
comincio a contrattare col padrone

CORO
Non è poi così facile
farsi assumere da lavapiatti
Tutti i ragazzi per fare un po' di soldi
si presentano per questo lavoro.
Ma lui riuscì a farsi prendere.

LAVAPIATTI
Nessun contratto scritto.
Se c'è la Polizia dici sono un cliente
non voglio multe per colpa tua
Accetto tutto voglio provare
e fare qualche soldo.

CORO
Si accorge che son tanti
i ragazzi che fanno i lavapiatti
 inglesi soprattutto
e gli chiede cosa fanno qui
Dice: Vogliamo imparare l'italiano.

LAVAPIATTI
Mi balza allora in mente

Vado a Londra imparo l'inglese.
Ma con che soldi?
Facendo il lavapiatti!
Parto da un giorno all'altro
giusto il tempo di dire Me ne vado
e sono a Piccadilly spaesato ma sicuro
di trovare subito un lavoro.

CORO
Non si è informato
tutto preso dall'idea della partenza.
C'è bisogno di un documento
che attesti che lavora e si mantiene
è a posto coi vaccini e coi permessi.
Si fa aiutare dal Consolato
non pensava fosse complicato
È a posto, finalmente lava i piatti
in un grande ristorante a Drury Lane.

LAVAPIATTI
Siamo una schiera tutti quanti in fila
a lavare piatti senza sosta.
Imparerò l'inglese già mentre lavoro
e porgo l'orecchio ai miei compagni.
In mezzo allo sciacquìo ingigantito
da tanti che lavorano assieme
mi rendo conto che parlano italiano
tutti quanti venuti in Inghilterra
a imparare l'inglese come me.

CORO
Riflette un poco fa un giro in città.
Aveva messo da parte due soldi
li spenderà per un corso d'inglese
lasciando di fare il lavapiatti.

LAVAPIATTI
Finito il corso tornerò a casa
a fare il lavapiatti nella mia città
fino a quando non trovo un lavoro
mentre intanto imparo l'inglese

CANTATA DI UN MURATORE

MURATORE
Di famiglia siamo contadini
ma come tutti i contadini
facciamo da noi tutto quanto
ci serve per i lavori nei campi
i ferri per i cavalli e per tutte le bestie,
ammazziamo il maiale
facciamo la vendemmia e il vino
ma la cosa che più ci inorgoglisce
è che la nostra casa la facciamo da noi

CORO
La casa cominciano a farla
quando tornano da emigrati
messo da parte un po' di soldi
mattoni e calce comprano ciò che occorre
La domenica e dopo il lavoro
pezzo per pezzo il muro cresce, le finestre
si aprono per ciascuna stanza
e la casa pian piano prende forma

MURATORE
Poi son finiti i soldi
e mio figlio doveva sposarsi
Ho deciso di andare in città
a cercare un lavoro per finire la casa.

CORO
Era esperto si sentiva capace
il padrone gli ha dato fiducia
gli ha firmato un contratto
tutto a posto con l'assicurazione
muratore le mani le aveva di chi sa
maneggiare i mattoni.

MURATORE
Il palazzo era immenso
 altissimo ma difeso
da una grande struttura
non avevo paura a salire
era come quando andavo sulle piante
ma il palazzo era molto più alto.

CORO
Pensava alla sua casa piccolina
ed evitava di guardare in basso
l'altezza gli dava le vertigini
si sentiva tranquillo e continuava a lavorare
Ma ecco scivola nonostante le difese
e non s'accorge di volare in basso

MURATORE
Non mi accorgo di volare di morire
sono tranquillo non ho nessun dolore.
non sento voci non sento me stesso
sento una splendida serenità.

CORO
Con l'assicurazione la famiglia
pagò il resto per finire la casa
ci lavorò il figlio e sistemò anche la stalla
e non andò in città continuò
a lavorare la sua campagna.

CANTATA DI UN PULITORE DI TERGICRISTALLI

PULITORE
Oggi è una bella giornata.
C'è stato il vento del deserto.
Le macchine sono infangate
la sabbia caduta sui vetri
non lascia vedere l'interno.

CORO
Il ragazzo disoccupato
sente di avere una speranza
Chi si blocca al semaforo
non potrà fare a meno di lui.

PULITORE
Appena si fermano
piombo giù dal marciapiede
agitando quanto tengo
per pulire e mi piazzo
al centro della strada
così nessuno può superarmi
e a destra e a sinistra
vado armeggiando
impedendogli di muoversi
Qualcuno allunga una moneta
altri chiudono il vetro imprecando
chi dà un colpo risentito al motore
una sorta di minaccia a farmi sotto

CORO
Appena il semaforo è verde
sbuffando quasi sbattono
sulle macchine davanti
e con un sospiro di sollievo

partono a razzo soddisfatti
di non aver perduto il loro soldo.

PULITORE
Certe giornate è proprio duro
mettere insieme qualcosa per mangiare
Allora mi invento un bel giochetto
funziona e fa ridere i bambini

*Il ragazzo estrae dalle tasche cinque palle e si mette a farle
andare su e giù in modo che non cadano.*

CORO
Chi guida un'automobile si ferma ai loro ordini
e al ragazzo frutta qualche soldo ma attenzione!
bisogna calcolare i tempi se ti attardi
scatta il semaforo e non vedi neanche un euro.

PULITORE
La sera sei sfinito
la giornata è passata
i soldi sono pochi
Farò il giro dei ristoranti
con un mazzo di rose
le offrirò alle signore accompagnate
e i cavalieri dovranno accettarle.

CORO
Qualunque cosa chi non ha lavoro
deve inventarsi per sopravvivere.
Domani è un altro giorno
penserà a qualcos'altro
vendita di fazzoletti o di calzini
purché alla sera ci sia da mangiare
e alla notte si possa dormire.

CANTATA PER UNA MENDICANTE

MENDICANTE
Svelta e sicura me ne vado
al pomeriggio per le mie commissioni.
La mia famiglia dipende da me
per le elemosine ma solo al mattino.
Al mercato è pieno di signore
io mi metto davanti e loro passano
nessuna ha il coraggio di non dare
in imbarazzo mi sporgono il denaro
dopo un po' ho fatto un bel gruzzolo
Allora cambio posto vado dal macellaio
C'è la coda per entrare in un attimo
raccolgo parecchio si vergognano
di non dare loro ricchi a chi è povero.

CORO
Di' perché raccogli così in fretta
mentre gli altri poveri faticano
sei furba hai trovato il sistema
la tua gamba che manca ti aiuta
a trovare negli altri pietà.

MENDICANTE
È vero mi manca una gamba
da tempo ci ho messo una protesi
ma soltanto a lavoro finito
prima mi reggo con un bastone
la gente non osa guardarmi
e mi dà soldi andando via in fretta.

CORO
Al pomeriggio poi te ne vai
tutta allegra a fare le tue spese
la gamba messa bene non si vede
puoi camminare senza zoppicare.

MENDICANTE
Me l'hanno regalata le monache
al mercato gli avevo fatto pena
la metto al pomeriggio mi vedono
al mattino sto alla larga non la metto.

CORO
Triste realtà per sopravvivere
Furbizia da povera e intanto
la gente è contenta di dare.

CANTATA PER UN BAMBINO
CADUTO IN MARE

MADRE
 Mi è sfuggito
l'avevo tra le braccia
stretto.
Non potevo perderlo.
È scivolato come un pesce.
Gli sono andata dietro
mi hanno trattenuta.
Ho urlato
ho sentito il suo pianto ancora un attimo
poi soltanto l'acqua
che sbatteva contro la barca

CORO
Consolati.
Consolati insieme a tutte le madri
che hanno perso i loro figli in mare.
Avete lottato perché vivessero liberi
Li avete strappati alla schiavitù.
Se cadevano in mano ai trafficanti
li avrebbero uccisi come esseri inutili
da non trarne guadagno, consolati
della sua morte fra le tue braccia
senza accorgersi di lasciare la vita.

MADRE
Mi hanno trattenuta.
Ho scelto la vita invece di seguirti.
Perdonami figlio perdona tua madre
che ha voluto vivere nonostante il dolore
di averti perduto figlio mio.

CORO
Sei giovane farai altri figli.
Ma questo ti mancherà sempre
il prediletto sfuggito al tuo abbraccio.
Eppure vivrai dimenticherai
 per l'amore di lui dimenticherai
dimenticherai dimenticherai...

CANTATA DI UN POSTEGGIATORE

POSTEGGIATORE
Mi sposto ogni giorno
talvolta più volte
dipende dal traffico da che parte va
dipende se piove
se c'è la partita
o è giorno di spese
di feste e regali.

CORO
Non tiene fra le mani
niente
Gli serve solo la sveltezza
nello spostarsi
la precisione nell'inserire le macchine
strette una all'altra
la prontezza quando una macchina
deve andar via e un'altra ne arriva

POSTEGGIATORE
Non ho orari
Certi mi lasciano le chiavi della macchina
devi aspettare che tornino
Di solito è una buona mancia
ma dà un gran daffare
le altre macchine vanno via
quella rimane in mezzo
ci devi lavorare

CORO
Qualche collega gli porta
un panino lo mangiano insieme
bisogna sempre vigilare
che una guardia non ti appioppi una multa

Certe volte fan finta di niente
ciò che conta, non intralciare il traffico

POSTEGGIATORE
Nonostante che il mio lavoro non esista
ci mangiano i miei bambini
Certe volte vogliono venire
a vedere quanto sono bravo
a spostare le macchine
Orgogliosi di me
guardano quei signori eleganti
incapaci di posteggiare
e ridacchiano, papà è più bravo

CORO
Va avanti così
la vita del posteggiatore
sperando in un posto
tenendosi stretto
quello che gli dà da vivere

CANTATA DI UN VENDITORE DEL MERCATO

VENDITORE
La mia notte è breve
mi alzo alle tre del mattino
il tempo di prepararmi
e via con il furgoncino.
A qualunque ora io arrivi
i mercati generali sono pieni.
Dormono sulle automobili
vogliono essere i primi
per prendere la roba più bella.
Si litiga per le cassette
tolgono la roba migliore
se la mettono svelti da parte
devi essere attento avere occhio
e andartene per tempo al tuo mercato.

CORO
Brulicano già i banchi
di venditori in gara con te.
Hanno tirato su l'ombrellone
ci sarà vento forse pioverà
Il ragazzo che viene ad aiutarti
sta scaricando tutto allegro
le tue cassette e fischia una canzone.

VENDITORE
C'è della verdura di ieri sul carretto.
Bisogna togliere le foglie marce dell'indivia
e rinfrescare le teste di lattuga.
Presto qualcuno verrà a comperare
tutto deve essere fresco e di giornata.

CORO
I ristoranti sono i primi ad arrivare
vengono i cuochi scelgono veloci
decidono il prezzo col padrone
poi volano via per altre spese
fanno mandare tutto un po' più tardi.

VENDITORE
Poco per volta arrivano le donne
le impiegate quelle della scuola
comprano in fretta
mandano tutto a casa scappano via.

CORO
Cambia la gente
che si avvicina al banco
a seconda dell'ora.
Tu chiami chi passa
signore eleganti
sai già cosa vogliono
le unghie laccate
indugiano a scegliere
gioielli alle dita
su questo e su quello.

VENDITORE
È tardi per vendere
ma viene il signore
appena uscito dal bar.
Per me son già dodici ore
e voglio andare a dormire.

CORO
C'è ancora chi vuole il carciofo
tagliato e pulito col gambo
chi chiede le arance spremute

chi vuol chiacchierare del tempo.
Ma ormai è finito il lavoro.
Pomeriggio e sera sono tuoi.

CANTATA DI UN VENDITORE DI
CALDARROSTE

VENDITORE
Una volta andavo a raccogliere
 le castagne nei boschi
le trovavo tra le foglie a terra
ancora chiuse nel riccio pungente
Mangiavamo le piccole cuocendole
le grandi destinate a caldarroste
in uno straccio per non rovinarle.

CORO
Le custodiva con cura
perché non seccassero
la raccolta durava qualche giorno
poi era il momento
di allestire l'angoletto che era suo
da anni nella stagione autunnale.

VENDITORE
Mi portavo tutto quanto sulla bici
il fornetto di ferro con la legna
e il gran piatto dove esponevo
le castagne una volta arrostite.

CORO
Badava a fare il taglio
ampio perché il frutto emergesse
di un colore dorato.
Si allineavano per poco
ché subito correvano i bambini
a comprarne pochi soldi
nel cartoccetto di carta di paglia.

VENDITORE
Erano pochi soldi ogni volta
ma tutti miei da portare a casa
con i funghi che insieme alle castagne
raccoglievo sotto gli alberi.
Tutto questo è finito.

CORO
Da un giorno all'altro
non ha più avuto il suo angoletto.
Dipendeva da un padrone
un signore che aveva l'esclusiva
e cedeva il posto a chi aveva i soldi per l'affitto.

VENDITORE
Le castagne le cedeva il padrone
erano enormi venivano da fuori
le pagavi in anticipo e ti mettevi in tasca
quello che ricavavi dalla vendita
dopo aver ripagato il padrone.

CORO
Obbedivi a chi ti dava il lavoro
guai a sgarrare venivi sostituito
l'apparenza era quella di prima
ma eri sotto padrone, una piccola azienda
dove tu eri una sorta di impiegato.

VENDITORE
I boschi erano ormai tutti cintati
non avresti potuto raccogliere
solo all'esterno qualche riccio cadeva
ma vuoto e secco privo di frutti.
Così sono rimasto al mio antico mestiere
e d'estate mi chiamano a vendere gelati.

CANTATA DI UN VENDITORE DI LIBRI VECCHI

VENDITORE
Tutto il giorno io lo passo qui
al mio banchetto sotto l'ombrellone
che ripara dal sole e dal vento
e dalla pioggia quando è brutto tempo.
I libri soprattutto ne han bisogno
così delicate quelle carte consumate dal tempo
quasi tutte tranne i libri nuovi
scacciati da chi non li ha amati, gli altri
sono usati, segnati dalle note, sottolineati
con le orecchie piegate antiche prove
degli esami scolastici o di letture appassionate.

CORO
Sosta a lungo chi non ha da fare
sfoglia un volume prende in mano una rivista.
Immagini di moda di decenni passati
emergono vivaci come appena stampate.

VENDITORE
Comprano in pochi
più è il gusto di toccare di leggere qua e là
passando in un attimo da un secolo ad un altro
e da un decennio a un anno lontanissimo.
Pochi gli autori che reggono il tempo
greci e latini gareggiano a resistere.

CORO
Sono i vecchietti a fermarsi sui libri
scelte di anni precedenti edizioni scomparse.
Si fanno fare lo sconto se ne vanno
con il libro sottobraccio come un amico ritrovato.

VENDITORE
Quando è sera chiudo la bottega
non sembra vero ma c'è chi ruba i libri
chissà poi se li legge ma intanto
c'è il gusto di portarli via senza pagare.
Una notte non riuscivo a dormire
mi sono alzato sono arrivato fino al banco.
Era chiuso come l'avevo lasciato
ma dentro c'era tutto un brusìo
un chiacchierare un ridere un chiamarsi.
Di notte i libri parlano, di giorno
ascoltano chi viene e commenta
e loro si divertono
a riferire ciò che hanno sentito.

CORO
Il venditore voleva capire
che cosa i libri dicevano fra loro
ascoltò un poco intravide un discorso
era di un libro di grande successo
 si vantava che un film era previsto
un altro diceva che di sé
c'era già un film in giro per le sale
Un paio scandivano il latino
facendo a gara fra Orazio e Virgilio.

VENDITORE
La gioia che mi davano quei libri
non aveva proporzione col guadagno.
Amici li sentivo e imprevisti
sarei stato tutta la notte ad ascoltarli.

CANTATA DELLA STIRATRICE

STIRATRICE
Manovro il ferro come una piuma
su e giù su e giù su e giù
canta sugli abiti li rende lisci
fa nuovi e freschi i più usurati.

CORO
Divise blu degli addetti al Senato
camice azzurre dei carabinieri
magliette con l'insegna della squadra
la Rita non si sbaglia e suddivide
ogni gruppo in un settore a parte
calcola i giorni annota le cifre
chi viene a ritirare pagherà.

STIRATRICE
Non so come faccio a non sbagliarmi
anche un golfino lo rendo al proprietario
il colore la forma mi ricordo tutto
più del cliente che a volte si dimentica
che cosa ha portato in stireria.

CORO
La Rita è un prodigio di lavoro
dal mattino alla sera sempre in piedi
sorride e stira rende la roba in ordine
ti dice il giorno in cui devi tornare
chi viene a ritirare pagherà

STIRATRICE
Conosco gli abiti portati più volte
le macchie ostinate sui capi delicati
da lavare e rilavare per farli puliti.
Io parlo ai vestiti rispondono contenti
sono di nuovo giovani tornano ancora belli

CORO
Di notte i vestiti ballano tra loro
si scambiano in coppie
danzano freschi e lucidi
vaporosi evanescenti morbidi.
Gli abiti sporchi ammirano
gelosi i colleghi rinnovati
il loro turno aspettano
con pazienza e umiltà.

CANTATA PER UNA SUORA

SUORA
Ho preso il velo
per dedicarmi agli altri.
L'Ordine mi ha mandato in Africa
per curare i bambini malati
aiutavo le altre suore, i medici
ero felice nonostante i pericoli
e l'Ordine era soddisfatto di me.
Ma poi mi ha fatto ritornare
avevano bisogno che facessi
le pulizie della casa
era un bed and breakfast per stranieri.

CORO
Pregare non ne avevi il tempo
ma il lavoro è preghiera
diceva la Madre superiora
e l'Ordine sa quel che è giusto.

SUORA
Sapevo anche far da mangiare
rifare i letti pulire le stanze
c'era bisogno di una all'altezza
dei preti per le loro esigenze.
E la Madre Superiora destinò
la mia vita a questo nuovo lavoro.

CORO
Pregare non ne avevi il tempo
Ma il lavoro è preghiera
diceva la Madre Superiora
e l'Ordine sa quel che è giusto.

SUORA
L'Africa era il mio sogno
i bambini da curare
fare la suora e pregare davvero
con quel lavoro.

CORO
Che testarda questa suora
che non vuole obbedire
Il lavoro è preghiera
dice la Madre Superiora
e l'Ordine sa quel che è giusto.

SUORA
Ho deciso di togliermi il velo.
Andrò in Africa a curare i bambini.
Sarò accolta dai medici con gioia.
Con quel lavoro pregherò davvero
libera di decidere quel che è giusto.

CORO
Libera dei tuoi atti
pregherai lavorando.
Cambierai soltanto se vorrai
Sarai benedetta da chi aiuterai.

INDICE